KB171215

우리가 정말 알아야 할 동양고전

삼국지 부록

펴낸곳 / (주)현암사
펴낸이 / 조근태
지은이 / 나관중
옮긴이 / 정원기
교리한이 / 선뾔퀸
해설한이 / 모종강

주간 · 기획 / 형난옥
교정 · 교열 / 김성재
편집 진행 / 김영화 · 최일규
표지 디자인 / ph413
본문 디자인 / 정해욱
제작 / 조은미

초판 발행 / 2008년 10월 25일
등록일 / 1951년 12월 24일 · 10-126

주소 / 서울시 마포구 아현 2동 627-5 · 우편번호 121-862
전화 / 365-5051 · 팩스 / 313-2729
홈페이지 / www.hyeonamsa.com
E-mail / editor@hyeonamsa.com

글 ⓒ 정원기 · 2008
그림 ⓒ 현암사 · 2008

*이 책의 글·그림은 저작권자와 협의 없이 무단 사용을 할 수 없습니다.
*잘못된 책은 바꾸어 드립니다.

ISBN 978-89-323-1514-0 03820

三國志

부록

三國志

부 록

차 례

교리 설명

선뻑권

국내외 독자들에게는 가장 신뢰할 수 있는 『삼국지』 독본을, 전공자나 연구자들에게는 가장 확실한 텍스트를 제공하기 위하여 본서를 낸다. 본서는 일명 '교리본校理本'이라고도 부르는데, 여기서 '교校'란 정정하거나 바룬다는 뜻이요, '이理'란 고대 판본에 대한 새로운 정리와 함께 전면적인 정오正誤 대조 작업을 진행한다는 뜻이다. 교리의 원칙은 아래와 같다.

1. 『삼국지연의』 판본은 크게 세 계통으로 나눌 수 있다.

(1) 명明나라 가정嘉靖 임오년(1522년)에 간행한 『삼국지통속연의三國志通俗演義』(약칭 '가정 임오본' 혹은 '가정 원년본') 계통.

(2) 명나라 만력萬曆년에서 천계天啓년 사이에 유행한 『삼국지전三國志傳』(약칭 '지전본志傳本') 계통.

(3) 청淸나라 초기 모륜毛綸·모종강毛宗崗 부자가 고치고 평을 붙인 『삼국지연의三國志演義』(약칭 '모본毛本') 계통이 그것이다.

본서는 가장 광범위하게 유행한 모본毛本을 기초로 하였는데, 취경당醉耕堂에서 간행한 『사대기서 제일종四大奇書第一種』을 저본으로 삼고 선성당善成堂에서 간행한 『제일재자서第一才子書』와 대도당大道堂에서 간행한 『제일재

7

자서第一才子書』를 교정본으로 삼았다. 문자나 단어는 그 중에서도 합당한 것을 택했고, 그에 대한 교기校記는 별도로 달지 않았다.

2. 『삼국지』는 역사 연의 소설이다.

그러므로 등장인물이나 줄거리도 대부분 역사 사실에 근거하고 있다. 그러나 전체 내용 중에는 엄청난 양의 '기술적인 착오'가 있다. '기술적인 착오'란 작가의 창작 의도나 작품상의 예술적 허구 또는 예술적 묘사와는 전혀 상관이 없는 순전히 작가의 지식의 한계, 또는 작업 과정에서 발생한 일시적인 실수, 그리고 전사轉寫 또는 간각刊刻 과정에서 조성된 오류의 범주에 속하는 착오를 가리킨다. 이러한 착오들은 작가의 세계관·역사관·예술관에서 비롯된 내용의 결함이나 부족과는 완전히 별개의 문제라 할 수 있다. 따라서 본서에서는 오랜 시간과 각고의 노력을 기울인 끝에 고판본에서 대량의 기술적인 착오를 찾아낸 다음 신중한 교리를 진행했다. 그 주요 내용은 아래 몇 가지 방면으로 나눈다.

(1) 인물 착오―다섯 가지 상황을 위주로 분류함
① 인명 착오 : 위자韋兹를 위홍韋弘(제5회), 방희龐羲를 방의龐義(제65회), 부융傅肜을 부동傅彤(제81회)으로 잘못 사용한 경우 등.
② 자호字號 착오 : 장비의 자는 본래 익덕益德인데 소설에서는 익덕翼德(제1회)으로, 유엽劉曄의 자는 자양子揚인데 자양子陽으로(제10회), 하후무夏候楙의 자는 자림子林인데 자휴子休로(제91회) 잘못 사용한 경우 등.
③ 신분 착오 : 정원丁原은 병주 자사를 역임하다가 수도로 들어온 후에는 집금오執金吾가 되지만 소설에서는 형주 자사(제3회)라 했다든지, 양부楊阜는 위 명제明帝 때 소부少府를 역임한 인물인데 소부少傅로(제105회) 잘못 적은 경우 등.

④ 인물 관계 착오 : 조덕曹德은 조조의 아우인데 조숭曹嵩의 아우(제10회), 연왕燕王 조우曹宇는 조조의 아들인데 조비의 아들이라 한 경우(제106회) 등.

⑤ 인물 관계 혼동 : 초평初平 3년(192년) 청주의 황건적에게 격살 당한 연주 자사 유대劉岱와 건안 4년(199년) 조조의 명령으로 서주의 유비를 공격한 유대劉岱는 동명이인인데 소설에서는 동일 인물로(제22회) 혼동한 경우 등.

(2) 지리 관련 문제 — 여덟 가지 상황을 위주로 분류함

① 행정구역 착오 : 패국沛國 초현譙縣 사람을 패국 초군譙郡 사람이라(제1회) 한 경우 (동한 시기 왕국과 군은 동급 행정 구역이므로 왕국의 하부 단위는 당연히 현이 됨) 등.

② 지명 대소 관계 혼동 : '연주兗州·복양濮陽은 이미 함락되었다(제11회)'라는 내용은 '연주의 모든 군현은 이미 함락되었다'고 고쳐야 할 경우 (복양은 연주 관할의 일개 현에 불과하므로 두 지역을 동등하게 병렬할 수 없음) 등.

③ 후대 지명 사용 : 하동河東 해량인解良人(제1회)은 하동 해현인解縣人으로 고쳐야 할 경우(해량解良은 해량解梁으로, 금金나라 때 지명임) 등.

④ 고금 지명 혼용 : '정주 중산부 안회현定州中山府安喜縣'(제2회)은 '기주 중산국 안희현'으로 해야 하며(정주는 북위北魏 때 지명이고, 중산부는 송宋나라 때 지명이며, 안회는 한漢나라 때 현 이름임), '덕주 평원현德州平原縣'(제5회)은 '청주 평원현'으로 고쳐야 하는 경우(덕주는 수隋나라 때 지명이며, 평원현은 한나라 때 지명임) 등.

⑤ 방위 착오 : 뇌양현耒陽縣은 강릉江陵 동남쪽으로 약 1천 리나 되는 곳인데, 동북쪽 130리라고 한 경우(제57회) 등.

⑥ 지명 오식 : 제19회 조조가 서주徐州의 여포를 공격하는 줄거리에서 '길이 소관蕭關에 가깝다'고 한 것은 '길이 소현蕭縣에 가깝다'고 해야 한다. (소관은 오늘날의 영하寧夏 고원固原 동남쪽에 있으므로 서주에서 엄청나게

먼 반면 소현은 오늘날의 안휘성安徽省 소현蕭縣 부근에 있었으므로 서주와
는 지척에 있었던 셈이다.)

⑦ 지명 위치 혼동 : 제5회에 등장하는 이전李典은 본래 산양山陽 거야巨野
사람인데, 소설에서는 산양 거록인巨鹿人이라고 하여 엄청난 오류를 범했다.
(산양군은 연주兗州에 속하고 거록군은 기주冀州에 속함.)

⑧ 지명 문자 착오 : '고당高唐'을 '고당高堂'이라 했다든가(제2회), '파서
낭중巴西閬中'을 '서랑 중파西閬中巴'라고 한 경우(제60회) 등.

(3) 관직 착오-세 가지 상황을 위주로 분류함

① 관직 혼칭 : 유주 자사幽州刺史를 유주 태수(주의 장관은 자사, 목牧과
군郡의 장관은 태수)라 하고(제1회), 고릉 현령(현의 장관은 영令임)을 고릉
태수(제21회)라 한 경우 등.

② 관직 오칭 : 제10회에서 순유荀攸의 직위를 행군교수行軍敎授(한말 삼
국시대에는 이런 관직이 없었음)라 했는데, 『삼국지』「위서·순유전」에
근거하면 군사軍師를 지냈으며, 제80회에서 사업司業이라 한 초주譙周의
직위는 『삼국지』「촉서·초주전」에 권학종사勸學從事로 나오는 경우 등.

③ 관작官爵 문자 착오 : 『삼국지』「위서·원소전」에 근거하면 항향후邟
鄉侯를 지낸 원소의 작위를 기향후祁鄉侯라 했다거나(제5회), 봉거도위奉車都
尉였던 왕칙王則의 작위를 봉군도위奉軍都尉로 착오한(제16회) 경우 등.

(4) 역법曆法 관련 문제

① 사적史籍 인용 오류 : 제1회의 '건녕建寧 2년 4월 망일望日'은 『후한서』
「영제기」에 의하면 '4월 계사癸巳', 즉 4월 22일인 경우 등.

② 간지干支 착오 : 제45회 제갈량이 유비와 약속한 날짜인 '11월 20일
갑자甲子일'은 건안建安 13년 11월 20일로, 갑자일이 아니라 임신일인 경
우 등.

③ 역사에 없었던 날짜 오용 : 제40회에서 조조가 '건안建安 13년 가을 칠월 병오일'에 출병 날을 정하지만 이달에는 병오일이 없었던 경우 등.

(5) 기타 착오

① 역사적 인물의 연령 착오 : 제1회에서 유비의 연령을 '이미 28세가 되었다'고 하였지만『삼국지』「촉서·선주전」에 근거하여 추산하면 24세가 되어야 하는 경우 등.

② 사물 묘사의 전후 모순 : 제32회 서황을 묘사하면서 '단칼에 왕소를 베어 말 아래 떨어뜨렸다'고 하였으나 작품 속에서 서황이 사용하는 전용 무기는 줄곧 큰 도끼인 경우 등.

3. 기술적 착오에 대한 처리 방법

원문 자체는 건드리지 않고 '교리 일람표'에서 교리 근거 및 교리 견해를 밝혔다.

4. 사실과 다르지만 작가의 의도가 확연한 부분

이 경우는 교리의 범주에 넣지 않고, 필요에 따라 부분적인 각주로 처리하여 문제점을 설명한 경우는 있다.

(1) 등장인물

① 허구 인물 : 초선·오국태 등은 순수 허구 인물이므로 그대로 두었다.

② 신분 변동 : 감부인은 원래 유비의 첩으로 지위가 미부인의 아래임에도 불구하고 '부인'이라 부르며 그 서열을 미부인보다 앞에 두었다. 당연히 문제가 있지만 스토리 구성상 나름대로 이유가 있으므로 그대로 두었다.

(2) 줄거리

소설 내용 중에는 줄거리에 따라 순수 허구 또는 일부 허구 등 다양한 허구 장면이 나온다. 이러한 경우에는 그 성취도의 결과에 상관없이 어떤 경우를 막론하고 작가의 원래 의도를 존중하여 정오 대조 또는 교리 대상에서 제외했다.

(3) 관직

관직 명칭이 부정확하거나 잘못되었지만 그대로 둔 경우가 적지 않은데, 이는 오랜 세월을 거치며 중국 민중 사이에 관습적으로 굳어진 명칭들이다. 이런 경우에도 교리나 정오 대조의 대상에서 제외했다. 예를 들면 헌제를 맞아 허현許縣에 도읍을 정한 건안 원년(196년)에 조조의 직위는 사공司空 행行(대리의 뜻) 거기장군車騎將軍이었다. 그가 승상에 오른 시기는 건안 13년(208년)이었는데 소설에서는 제14회부터 시작하여 줄곧 '승상'으로 호칭하고 있다. 또 역사상의 제갈량은 산을 내려온 뒤 처음엔 막빈幕賓으로 있다가 적벽대전 후에 군사중랑장이 되었으며, 유비가 익주를 평정한 뒤에야 군사장군으로 승진했다. 그러나 소설에서는 그가 승상이 되기 전까지는 줄곧 '군사'로 호칭하고 있다.

(4) 사물의 이름과 형상

소설에 나오는 병기兵器 · 복식服飾 · 기구器具들도 역사적 사실과 부합되지 않는 부분이 상당히 많다. 그러나 이 역시 위와 같은 이유로 손대지 않았다.

교리 일람표

※ '교정 정리' 칸이 비어 있는 것은 이미 수정사항이 책에 반영된 것임.

회수 순번	쪽 줄	원문 내용	교정 정리	정리 근거
1회 1	2/11	건녕 2년 4월 보름	보름→계사癸巳	『후한서』「영제기靈帝紀」. 이 해의 4월 계사일은 22일.
2	2/22	유월 초하루에는	초하루→정축丁丑	『후한서』「영제기」. 이 해의 6월 정축일은 29일.
3	3/12	열 명이 한패거리가 되어	12명이 무리를 지어	『후한서』「환자열전宦者列傳」. 십상시란 12명 중 대다수라는 의미.
4	9/3	유주 태수 유언劉焉	태수→자사	『후한서』「백관지百官志」. 주의 장관은 자사 또는 목牧, 태수는 군의 장관. 유언은 유주 자사를 지낸 적이 없음.
5	9/20	탁록정후涿鹿亭侯에 봉해졌는데	탁록정후→중산국 육성정후陸城亭侯	『한서』 '왕자후王子侯의 표문'.
6.	10/16	현덕은 이미 28세	28세→24세	『삼국지』「촉서·선주전」. 유비는 161년생이고 이때는 184년이므로 24세.
7	13/4	자는 익덕翼德	翼德→益德	『삼국지』「촉서·장비전」.
8	14/4	하동河東 해량解良 사람이지요	해량→해解	『삼국지』「촉서·관우전」. 해량解良은 금대金代의 지명.
9	17/3	태수 유언에게	태수→자사	4번 참조.
10	19/11	청주 태수 공경龔景	태수→자사	4번 참조.
11	20/8	뒤쫓아 청주성 아래에 당도하니	청주→임치臨菑	청주는 주 이름. 여기선 청주의 주도 임치성을 말함.

12	21/13	적을 막고……영채를 세웠다	적을 막고 있었으나, 전세가 불리하자 장사로 물러났다. 도적들은 사방으로 에워싸고 풀밭에다 영채를 세웠다	『후한서』「황보숭전」. 관군이 장사성 안으로 퇴각하자 황건적이 성을 포위하고 풀밭에 영채를 세웠다고 되어 있는데 원문은 이런 형세를 거꾸로 묘사했고 의미도 불분명하다.
13	22/7	패국沛國 초군譙郡	초군→초현譙縣	『삼국지』「위서魏書·무제기武帝紀」. 패국은 왕국이고 하위 행정 관청은 현.
2회 14	29/3	장익덕翼德	翼德→益德	『삼국지』「촉서·장비전」.
15	33/9	거기장군車騎將軍으로 삼고	거기장군→좌거기장군左車騎將軍	『후한서』「황보숭전」.
16	33/18	손중孫仲 등 세 사람	손중→손하孫夏	『후한서』「주준전」.
17	37/5	교위로 천거되었다	교위→현위縣尉	『삼국지』「오서·손파로전」.
18	37/8	사마司馬와 함께	사마司馬로서	『삼국지』「오서·손파로전」.
19	38/7	거기장군에……봉했다	거기장군→우거기장군	『후한서』「주준전」.
20	38/10	별군사마別郡司馬를 제수받고	별군사마→별부사마別部司馬	『삼국지』「오서·손파로전」.
21	38/13	낭중郎中 장균張鈞의	낭중→시중侍中	『후한서』「영제기」.
22	39/8	현덕은 정주定州 중산부中山府	정주 중산부→기주冀州 중산국中山國	『후한서』「군국지」 및 『삼국지』「촉서·선주전」. 정주와 중산부는 후대 지명.
23	45/15	돌아가 정주 태수에게 고하니	정주 태수→중산中山 상相	22번 참조. 왕국의 행정 장관은 상相.
24	45/17	세 사람은 대주代州	대주→대군代郡	유주에 속한 하급 행정 단위는 대군.
25	46/2	조충 등을 거기장군으로	조충 등→조충	『후한서』「영제기」 및 「환자전宦者傳」

26	48/9	강하江夏를 평정하고 첩보를	강하→장사長沙	『삼국지』「오서·손파로전」. '강하'라고 하면 앞의 내용과 모순된다.
27	48/21	고당의 현위	(원문) 高堂→高唐	『삼국지』「촉서·선주전」. '당堂'과 '당唐'의 음이 같아서 생긴 오류.
28	49/20	사마司馬 반은潘隱이 나타나	사마→건석의 부하 사마	『후한서』「하진전」. 원문은 반은의 신분이 불분명하다.
29	51/2	사도司徒 원봉袁逢의	사도→사공司空	『후한서』「원안전」.
30	55/21	문릉文陵에 장사지냈는데	문릉→신릉愼陵	『후한서』「영제기」및『황후기」. 신릉은 영제 부친의 능으로 하간국河間國에 있고, 문릉은 영제의 묘.
3회 31	60/5	오향후繁鄕侯 서량 자사西涼刺史 동탁	오향후 서량 자사→ 태향후繁鄕侯 병주 목并州牧	『후한서』「동탁전」및 『삼국지』「위서·동탁전」.
32	60/12	섬서陜西를 지키게	섬서→섬현陜縣	『삼국지』「위서·동탁전」. 섬서는 송대宋代의 행정구역.
33	65/15	조충, 정광, 하운…… 장양, 단규, 조절, 후람……태후와 태자, 그리고 진류왕을	정광→고망高望 조절→필궤 후람→송전宋典 태자→소제少帝	『후한서』「환자전」. 정광은 역사에 나오지 않고, 조절(181년 사망)과 후람(172년 사망)은 이 사건 발생 전에 사망함. 당시는 소제 즉위 이후.
34	66/21	하남河南 중부연리中部椽吏 민공閔貢	중부연리→속관인 중부연中部椽	『후한서』「영제기」주에 인용된『헌제춘추獻帝春秋』, 『삼국지』「위서·동탁전」에 인용된『영웅기英雄記』.
35 | 39	69/3	사도司徒 왕윤王允, 태위太尉 양표楊彪, 좌군교위左軍校尉 순우경淳于瓊, 우군교위 조맹趙萌, 후군교위 포신鮑信, 중군교위 원소	사도→하남윤 태위→위위衛尉 좌군교위→우군교위 우군교위 조맹趙萌→ 조군좌군교위助軍左校尉 조융趙融 후군교위→ 기도위騎都尉	•『후한서』「왕윤전」. 왕윤은 헌제 즉위 후 태복太僕, 그 다음해 사도가 되었고, 이때는 하남윤이었다. •『후한서』「양표전」. 양표는 헌제 즉위 후 사공·사도를 거쳐 흥평興平 원년(194) 태위가 됨. 이때는 위위.

			중군교위→ 사례교위	• 『후한서』「영제기」주에 인용된 『산양공재기山陽公載記』. • 『삼국지』「위서·동탁전」. • 『삼국지』「위서·원소전」. 원소는 중군교위를 역임했으나, 이때는 사례교위.
40	73/8	형주 자사 정원丁原	형주 자사→집금오 執金吾	『삼국지』「위서·여포전」. 정원은 이때 집금오였고 형주 자사를 지낸 적은 없음.
41	74/5	지방 고을의 자사	지방 고을→ 외지 주	원문에는 '지방 고을'이 '지방 군'으로 되어 있는데, 당시 동탁은 병주 목이었고 '병주'는 '군'이 아님.
42	74/11	시중 채옹蔡邕과 의 랑議郎 팽백彭伯이 간 했다	'시중 채옹蔡邕과' 삭제	제4회에서 동탁이 채옹에게 벼슬을 내리므로 여기 채옹이 등장하는 건 앞뒤가 맞지 않다. 『후한서』「채옹전」에서는 채옹에게 벼슬이 내리고 그 뒤에 폐위를 논의한다.
43	78/9	정자사를 말한 것	정자사→정금오	40번 참조.
44	82/7	스스로 전장군前將軍 을 겸하면서	전장군을→태위가 되어 전장군을	『후한서』「동탁전」.
45	82/9	여포는 기도위·중 랑장에다	'기도위' 삭제	『삼국지』「위서·여포전」. 동탁은 처음 여포를 기도위로 삼고, 뒤에 중랑장으로 승진시키면서 도정후로 봉했다.
4회 46	95/19	왕윤에게 밀서를	왕윤→사도 왕윤	35번 참조. 여기서는 '사도'라는 관직을 붙여야 한다.
47	98/3	승상께선 어디에	승상→상국	『삼국지』「위서·여포전」. 앞에서 동탁을 상국이라고 함.
48	98/12	서량西涼에서 들어 온 좋은 말	서량→량주涼州	서량부西涼府는 송대에 설치. 이때는 량주.
49	101/ 21	초군譙郡을 향해	초군→초현譙縣	이때는 군이 아닌 현.

50	102/9	내 듣기에 승상이	승상→상국	47번 참조.
5회 51	110/5	효렴으로 추천된 위홍衛弘	위홍→위자衛玆	『삼국지』「위서·무제기」에 인용된 『세어世語』.
52	110/23	산양山陽 거록巨鹿	거록→거야巨野	『삼국지』「위서·이전전」. 산양은 연주의 속군, 거록은 기주의 속군으로 다른 지역.
53	113/9	기주 자사 한복韓馥	자사→목	『삼국지』「위서·무제기」.
54	113/17	북해 태수 공융孔融	태수→상相	『후한서』「공융전」. 북해는 왕국으로 행정 장관은 상相.
55	113/20	서량 태수 마등馬騰	서량 태수→량주 자사	당시 지명은 량주, 행정 장관은 자사. 역사상 마등은 량주 자사를 지낸 적이 없다.
56	113/21	북평北平 태수 공손찬公孫瓚	북평→우북평	당시 이곳은 유주 우북평군. 공손찬은 우북평에 주둔한 적은 있으나 태수는 아니었다.
57	113/24	기향후 발해 태수	기향후→ 항향후邟鄉侯	『삼국지』「위서·원소전」.
58	114/4	덕주德州 평원현	덕주→청주靑州	『후한서』「군국지郡國志」. 덕주는 수隋나라 때의 지명.
59	118/21	낙양의 승상부로	승상부→상국부	47번 참조.
60	120/6	영릉零陵 사람	영릉→ 영릉 천릉泉陵	『삼국지』「오서·황개전」.
61	125/15	태수 한복	태수→기주 목	53번 참조.
62	129/19	서천산 붉은 비단	서천→서촉西蜀	이때는 '서천'이란 명칭이 없었다.
63	135/12	踊出燕人張翼德	翼德→益德	『삼국지』「촉서·장비전」.
6회 64	140/19	사도 순상荀爽이	사도→사공	『후한서』「헌제기」 및 『후한서』「순상전」.

65	143/20	태수 서영徐榮이	태수→중랑장	『삼국지』「위서·무제기」.
66	149/3	진秦나라 26년	진나라→진시황	원문은 뜻이 모호하여 고침.
67	154/3	연주 태수 유대가	태수→자사	『삼국지』「위서·무제기」.
68	154/11	강하팔준江夏八俊이라 불렀다	강하팔준→팔우八友	『삼국지』「위서·유표전」에 인용된 『한말 명사록』. 이들은 강하 사람이 아니고 강하에서 모인 적도 없음.
69	154/13	발해의 범강范康	범강→원강苑康	『후한서』「당고전」.
70	154/16	연평延平 사람 괴량蒯良, 괴월蒯越	연평→중려中廬	『삼국지』「위서·유표전」 주에 인용된 『전략戰略』.
7회 71	158/24	별가別駕 관순關純	관순→민순閔純	『삼국지』「위서·원소전」 및 『후한서』「원소전」. 글자가 비슷하여 생긴 오류.
72	162/13	강인羌人들과 싸울	강인→오환烏桓	『후한서』「공손찬전」.
73	168/3	또 손견이……공례公禮였다	삭제	『삼국지』「오서·종실전宗室傳」. 손소는 손견의 아들이 아니고 종실 손하의 조카.
74	170/23	유표 후처의 오라비	오라비→남동생	『후한서』「유표전」.
75	171/15	채모의 누이동생	누이동생→누나	74번 참조.
76	175/11	군리軍吏 환계桓階	군리→손견 수하의 오래된 관리	『삼국지』「위서·환계전」. 환계는 손견이 장사 태수일 때 공조功曹를 맡았음.
8회 77	181/23	사공 장온張溫을	사공→위위衛尉	『삼국지』「위서·동탁전」. 장온의 당시 직책은 위위.
9회 78	222/24	량주涼州로 달아났다	량주→섬현陝縣	『삼국지』「위서·동탁전」. 량주는 장안 서쪽이고 섬현은 장안 동쪽. 원문은 사실과 맞

				지 않을 뿐 아니라 소설의 앞뒤 내용과도 맞지 않는다.
79	225/ 10	섬서陝西로 도망간	섬서→섬현陝縣	78번, 32번 참조.
80	226/ 2	서량주西涼州에 유언비어를	서량주→ 량주 사람들	이때 이각 등은 섬현에 있었고, 부하 중에 량주 출신이 많았다.
81	226/ 14	왕윤은 서량 군사	서량→량주	48번 참조.
10회 82	234/ 5	같은 벼슬을 달라고 강요했다	벼슬→ 관작과 작위	이각 등은 관직과 함께 작위까지 강요했다.
83	234/ 9	장제는 표기장군	표기장군→ 진동장군鎭東將軍	『후한서』「헌제기」,「동탁전」. 장제는 13회에 가서 표기장군이 된다.
84	235/ 6	서량 태수 마등馬騰	서량 태수→ 량주 자사	55번 참조.
85	238/ 22	이각의 조카 이별李別이	이별→이리李利	『삼국지』「위서·동탁전」주에 인용된『구주춘추九州春秋』.
86	239/ 23	양민을 겁탈했다	겁탈했다→겁탈하고 연주로 치고 들어가 자사 유대를 살해했다.	『삼국지』「위서·무제기」. 원문은 내용이 불분명하여 줄거리 연결이 순조롭지 못하므로 보충함.
87	240/ 3	산동 지방의 도적을 격파하려면	산동 지방→청주와 연주 지방	앞뒤 내용에 따라 고침. 당시에 '산동 지방'이란 효산 혹은 화산 이동의 광대한 지역을 일컬었다.
88	240/ 12	수양壽陽에서 도적 떼를 공격했다	수양→수장壽張	『삼국지』「위서·무제기」.
89	240/ 22	진동장군鎭東將軍으로 삼았다	진동장군→연주 목	『삼국지』「위서·무제기」.
90	242/ 5	행군사마行軍司馬로	행군사마→사마	『삼국지』「위서·순욱전」.
91	242/ 8	행군교수行軍敎授로	군사軍師로	『삼국지』「위서·순욱전」.

92	243/ 4	자는 자양子陽	子陽→子揚	『삼국지』「위서·유엽전」.
93	243/ 7	무성武城 태생으로	무성→임성任城	『삼국지』「위서·여건전」.
94	243/ 15	점군사마點軍司馬로	점군사마→군사마	『삼국지』「위서·우금전」.
95	243/ 18	진류陳留 태생으로	진류→ 진류陳留 기오己吾	『삼국지』「위서·전위전」.
96	244/ 18	장전도위帳前都尉로	장전도위→하후돈 의 부하 사마司馬	『삼국지』「위서·전위전」. 전 위는 제12회에 도위가 된다
97	244/ 21	위엄이 산동 일대	산동→연주	앞뒤 내용에 맞추어 고침. 87번 참조.
98	244/ 22	낭야군琅琊郡으로 보 내 부친 조숭을	낭야군→낭야국	『후한서』「군국지郡國志」. 낭야는 서주에 속한 왕국.
99	244/ 24	아우 조덕曹德	아우→아들	『삼국지』「위서·무제기」주 에 인용된『세어世語』. 조덕은 조숭의 아들로 조조의 아우.
100	245/ 2	서주 태수 도겸陶謙	태수→목	『삼국지』「위서·도겸전」. 4번 참조.
101	249/ 18	서주 일군一郡 백성 들의 목숨이나	서주 일군→서주	서주는 5개의 군국을 관할하 는 주州.
102	249/ 20	부군府君께서는	부군→사군使君	부군은 군의 태수에 대한 존 칭. 자사나 목의 존칭은 사군.
11회 103	251/ 3	유황숙은 북해로	유황숙→유현덕	유비는 제20회에 가서 '황숙' 이 된다.
104	251/ 6	구현胸縣 사람 미축糜竺	糜竺→麋竺	『삼국지』「촉서·미축전」. 글자 착오.
105	252/ 8	직접 북해군北海郡에 가서	북해군→북해국	『후한서』「군국지」. 북해는 청주에 속한 왕국.
106	252/ 22	나는 이재상과는	재상→부군府君	『후한서』「공융전」. 지방 행 정기관의 수장을 재상이라고 하는 것은 맞지 않다.

107	253/ 22	북해 태수가 된 것	태수→상	『후한서』「공융전」. 54번 참조.
108	258/ 6	3천 명을 골라 북해 군으로	북해군→북해	북해는 군이 아니고 왕국.
109	263/ 2	곧장 서주성 아래까 지 이르렀다	서주성→ 하비성下邳城	서주는 주 이름. 여기선 주도 州都인 하비를 가리킨다.
110	266/ 12	즉시 여포를……것 이다	즉시 여포를 맞아 연 주 목으로 삼고 뒤이 어 복양까지 점거하 니, 연주의 군현들이 모두 호응했다	앞뒤 내용과 조화를 이루지 못하므로 『삼국지』「위서 · 여포전」에 근거하여 보충.
111	268/ 16	도부군께서는	도부군→도사군	102번 참조.
112	270/ 4	연주와 복양	연주의 모든 군현	복양은 연주에 속한 현. 110번 내용과 연결하여 교정함.
113	270/ 10	등현滕縣을 지난	등현→공구公丘	등현은 진秦 때의 지명, 한무 제 때 공구로 고침.
114	270/ 13	연주를 굳게	연주→창읍昌邑	연주는 8개 군·국을 관할하 는데 여기서는 연주의 주도 창읍만을 말한다.
115	270/ 16	장군께서는 연주 를 버리고	연주→창읍	114번 참조.
116	270/ 21	연주를 지켜 내지	연주→창읍	114번 참조.
117	272/ 4	태산 화음華陰 사람 장패	화음→화현華縣	『삼국지』「위서 · 장패전」. 태산군은 오늘날의 산동성이 고, 화음현은 오늘날의 섬서 성 소속.
118	272/ 15	두 자루 창이	칼과 창이	악진의 전용 병기는 칼刀이다.
119	273/ 23	정서쪽에서 북소 리가 크게	정서→정동	앞뒤 내용에 따라 교정함.
12회 120	277/ 12	영군도위領軍都尉로	영군도위→도위	『삼국지』「위서 · 전위전」.

121	283/5	반쯤 지나기를 기다 렸다	('지나기를'의 원문) 渡→度	원문은 '물을 건넌다'는 뜻인데 마릉산을 지나는 소설 상황에 맞추어 고침.
122	286/12	유사군께서 군郡	군→주州	서주는 주州.
123	286/19	황하의 들판에	황하→사수泗水	도겸이 죽은 하비는 황하와 많이 떨어져 있다. 실제 지리에 근거하여 교정함.
124	291/2	초국譙國 초현譙縣 사람으로	초국→패국沛國	『후한서』「군국지」. 초국은 건안 22년에 처음 설치됨.
125	292/1	연주에 있던 설란	연주→창읍	114번 참조.
126	292/4	연주로 달렸다	연주→창읍	114번 참조.
127	292/15	연주를 수복하자	연주→창읍	114번 참조.
128	294/5	제군濟郡의 밀이	제군→제음군濟陰郡	『후한서』「군국지」. 연주에 제북국과 제음군은 있으나 제군은 없다.
129	295/20	산동 일대는	산동→연주	『삼국지』「위서·무제기」. 87번 참조.
13회 130	298/19	이 군의 환난을	군→주	서주는 군이 아니고 주이다.
131	301/10	조조가 산동 일대	산동→연주	87번 참조.
132	301/11	벼슬을 높여 건덕장군建德將軍에	건덕장군→ 진동장군鎭東將軍	『삼국지』「위서·무제기」. 조조는 건안 원년 2월에 건덕장군에 임명되고, 6월에 진동장군으로 승진되고 비정후에 봉해졌다.
133	301/12	대장군이 되어	대장군→거기장군	『후한서』「헌제기」, 『후한서』「동탁전」.
134	310/20	서량 출신이라	서량→량주	48번 참조.

135	315/ 3	군사를 이끌고 서안 西安으로	서안→동쪽	서안은 명대明代의 지명. 당시는 장안長安으로 미오郿塢에서 보면 동쪽.
136	315/ 8	섬서에서 올라와	섬서→섬현	32번 참조.
137	317/ 22	양군楊郡 태생으로	양군→양현楊縣	『삼국지』「위서·서황전」. 당시에는 양군이란 명칭이 없었다.
138	318/ 17	만약 저들이 산동	산동→동도東都	'헌제가 속히 동도로 가자는 명을 내렸다'는 앞의 내용에 따라 교정함.
139	320/ 4	위양渭陽에서 적군	위양→조양曹陽	『삼국지』「위서·동탁전」.
14회 140	325/ 4	서군을 습격하다	서군→서주	서주는 군이 아니고 주.
141	327/ 9	조조가 산동에	산동→연주	87번 참조.
142	328/ 20	잠시 산동으로	산동→연주	87번 참조.
143	331/ 14	헌제는……겸하게 하고		원문에서는 '사례교위'를 봉한다고 했는데, 봉封은 작위를 내릴 때 쓰는 말이다.
144	332/ 4	이섬과 이별李別이	이별→이리李利	85번 참조.
145	333/ 3	대량大梁으로 가서	대량→양현梁縣	『삼국지』「위서·무제기」. 대량은 전국시대의 지명.
146	333/ 23	정의랑正議郎을 제수 받았습니다	정의랑→의랑議郎	『삼국지』「위서·동소전」.
147	335/ 4	허도許都로 모시는	허도→허현許縣	허도는 천도한 후의 명칭. 당시는 허현.
148	338/ 16	행군종사 만총滿寵	행군종사→종사	『삼국지』「위서·만총전」.
149	341/ 11	곽가는 사마좨주司馬祭酒, 유엽은	사마좨주→사공군좨주司空軍祭酒	『삼국지』「위서·곽가전」.

150	341/ 12	모개와 임준任峻은 전농중랑장	모개와→모개는 동조연東曹掾	『삼국지』「위서·모개전」.
151	341/ 13	정욱은 동평東平 상相, 범성范成과 동소는 낙양 현령	동평東平 상相, 범성→동평東平 상相이 되어 범성范城에 주둔하고,	여씨 쌍봉당余氏雙峰堂『비평삼국지전批評三國志傳』. 원문은 두 사람이 동시에 낙양령이 된다는 뜻이 되어 이치에 맞지 않는다.
152	341/ 14	만총은 허도 현령	허도령→허령許令	『삼국지』「위서·만총전」.
153	342/ 18	유비를 정동장군	정동장군→진동장군鎭東將軍	『삼국지』「촉서·선주전」.
154	342/ 23	군郡으로 영접해	군→부府	서주는 군이 아닌 주, 부府는 주의 아문衙門을 가리킨다.
155	343/ 23	익덕은 무슨	翼德→益德	『삼국지』「촉서·장비전」.
156	346/ 11	남군南郡을 치려	남군→회남淮南	『삼국지』「위서·원술전」. 당시 원술은 회남을 차지하고 있었고, 소설에서도 뒤에 '현덕은 이미 회남으로 갔다'는 말이 나온다. 남군은 형주에 속하며 유표의 땅.
157	348/ 6	남양을 바라고	남양→회남	156번 참조. 남양도 형주에 속한다.
158	348/ 9	큰 군 하나를	군→주	서주는 5개 군·국을 관할하는 주.
159	352/ 3	서주에서 불과 4,50리 거리라	서주→하비下邳 4,50리→1백여 리	서주는 주 전체를 포괄하는 명칭임. 여기서는 주도인 하비를 가리키며 소패까지는 약 1백여 리.
15회 160	359/ 22	손견 밑에서 종사관從事官으로	종사관→독군교위督軍校尉	『삼국지』「오서·주치전」.
161	360/ 10	원술의 모사 여범	'원술의 모사' 삭제	『삼국지』「오서·여범전」. 여범은 난을 피해 수춘에 왔을 뿐 원술의 모사가 아니다.

162	361/ 9	절충교위折衝校尉 진구장군殄寇將軍	진구장군→ 진구장군 대리	『삼국지』「오서·손토역전孫討逆傳」'행行'은 대리代理의 뜻.
163	362/ 1	생일이 두 달 앞선	두 달→한 달	『삼국지』「오서·주유전」에 인용된 『강표전江表傳』.
164	363/ 1	장굉을 참모參謀 정의교위正議校尉	'참모' 삭제	『삼국지』「오서·장굉전」.
165	363/ 5	원래 양주 자사로	'원래' 삭제	유요는 이때도 여전히 양주 자사로 있었다.
166	364/ 18	다시 영릉성零陵城에 군사를	영릉성→ 말릉성秣陵城	앞뒤 내용에 따라 교정함. 영릉은 형주에 속하는 유표의 땅이고, 말릉은 양주 단양군丹陽郡에 속함.
167	371/ 19	부장 우미于糜	于糜→于麋	『삼국지』「오서·손토역전」.
168	372/ 9	유표에게 몸을 의탁하려고	삭제	이때 유표는 양양에 주둔하고 있었으므로 그에게 의지하려 예장으로 간다는 건 이치에 맞지 않는다.
169	373/ 9	성에서 25리	25리→50리	앞뒤 내용에 맞추어 고침.
170	377/ 21	여러 고을이 모두 평정되었다	고을→현	가흥과 오정 등은 모두 현인데 소설에는 '주'로 되어 있다.
171	379/ 23	회계성을 굳게	회계성→ 산음성山陰城	회계는 군 이름이고, 왕랑이 지키던 곳은 치소인 산음.
172	382/ 24	패국 초군 사람	초군→초현譙縣	『삼국지』「위서·방기전方技傳」.
173	383/ 16	급히 장사長史 양대 장楊大將과	양대장→양홍楊弘	『삼국지』「오서·손토역전」. '원술이 죽은 뒤 장사 양홍, 대장 장훈 등이……'란 기록에서 작가가 '弘' 자를 빠뜨리고 구문을 잘못 나누었다.
174	384/ 7	도리어 서주로 와서		원문에는 '서주'가 '서군徐郡'으로 되어 있다.

16회 175	385/ 6	양대장이 유비를	양대장→양홍	173번 참조.
176	399/ 18	현덕이 소패에서	현덕이→유비가	유비와 여포가 대치한 상황이 므로 자보다는 이름을 말하는 것이 자연스럽다.
177	405/ 12	봉군도위奉軍都尉 왕 칙王則에게	봉군도위→ 봉거도위奉車都尉	『삼국지』「위서·여포전」 주 에 인용된 『영웅기』.
178	406/ 12	조조 형의 아들	형→아우	『삼국지』「위서·무제기」.
179	412/ 9	황비皇妃 될 분을	황비→태자비	원술의 아들이 태자가 될 것 이므로 그의 아내 될 여포의 딸은 태자비가 되어야 한다.
180	414/ 7	형양荊襄의 유표	형양→형주	형양의 행정 명칭은 형주.
17회 181	417/ 10	이풍李豐·양강梁剛	梁剛→梁綱	『삼국지』「위서·무제기」.
182	417/ 14	서주로 오고…… 군사는 기도沂都를 ……낭야를 치러 ……하비下邳를	서주→하비下邳 기도→임기臨沂 낭야→상현相縣 하비→팽성彭城	실제 지리에 근거하여 고침.
183	418/ 7	진등이 말했다…… 진등이 설명했다	진등→진규	진등은 당시 30여 세로 '늙은 이'라는 표현은 적당하지 않 다. 가정본嘉靖本, 이탁오본李卓 吾本, 취경당본醉耕堂本에 모두 '진규'로 되어 있다.
184	420/ 4	기도로 나아가…… 낭야로 나가서	기도→임기臨沂 낭야→상현相縣	182번 참조.
185	422/ 5	한섬을 기도 목沂都牧 으로, 양봉을 낭야 목으로 삼은 뒤	한섬에게 기도를, 양 봉에게 낭야를 맡아 지키게 한 뒤	기도와 낭야는 모두 현이므로 그 장관은 '목牧'이 아닌 '영令' 이나 '장長'이 되어야 함.
186	423/ 6	장사 양대장이	양대장→양홍	173번 참고.
187	423/ 21	전만을 중랑中郞으 로 삼아	중랑→낭중郞中	『삼국지』「위서·전위전」.

188	423/ 23	원술이 진류로	진류→진국陳國	『후한서』「원술전」.
189	425/ 8	수춘 경계로	수춘→기현蕲縣	『자치통감』권62 호삼성胡三省의 주. 수춘은 회하 남쪽이고 원술은 아직 회수를 건너지 않은 상황이다.
190	426/ 24	군심을 진정시켜	진정시켜→ 만족시켜	『삼국지』「위서·무제기」주에 인용된『조만전曹瞞傳』에 '압壓'이 아닌 '염厭'으로 되어 있는데, '만족시키다'로 새겨야 한다.
191	428/ 9	수춘 성내는	수춘→기현蕲縣	189번 참고.
192	429/ 1	남양과 강릉江陵의	강릉→장릉章陵	『삼국지』「위서·무제기」. 남양은 군, 강릉은 현이므로 병렬할 수 없다.
193	431/ 6	법은……쓰지 않는 다法不加於尊	벌은……내리지 않는다罰不加於尊	『삼국지』「위서·무제기」주에 인용된『조만전』.
194	433/ 10	남양성 아래까지	남양성→양성穰城	『삼국지』「위서·무제기」. 남양은 군이고 성 이름이 아님.
18회 195	437/ 15	양성襄城에 당도하여	삭제	194번 참조 이때는 조조가 양성에서 철수하는 상황.
196	440/ 19	유표에게 형주로	형주→양양襄陽	『삼국지』「위서·장수전」. 양양은 유표가 통치한 형주의 주도.
197	441/ 5	진위중랑장鎭威中郎將 이통	鎭威中郎將→ 振威中郎將	『삼국지』「위서·이통전」.
198	441/ 21	적은 물러가려 해도 돌아갈 길이 없었으니 죽기로써	적이 우리의 퇴로를 막고 있었으므로 우리 군은 죽기로써	『삼국지』「위서·무제기」. 장수의 군대가 조조를 쫓고 있는 상황이므로 물러갈 길이 없는 것은 조조군이다.
199	444/ 11	대장군에 태위太尉로 임명하고	'태위太尉로' 삭제	『후한서』「원소전」. 원소가 태위 직을 받지 않자 다시 대장군에 임명한 것이다.

200	446/ 5	동으로 산동과 연주 의 여러 군을	동으로 산동과 연주 →서로 연주	연주는 서주의 서쪽에 있으 며, 산동은 효산崤山 이동의 광 대한 지역을 말하므로 두 곳 을 동급으로 취급할 수 없다.
19회 201	452/ 14	서주에 가 있게	서주→팽성彭城	당시 서주의 주도는 하비. 팽 성은 오늘날의 서주에 해당.
202	452/ 15	산동 연주 경계로	산동 연주→연주	200번 참조.
203	453/ 24	길을 잡아 양성梁城 으로 떠났다	양성→양국梁國	『삼국지』「촉서·선주전」 주 에 인용된 『영웅기』. 양국은 예주에 속한 왕국.
204	454/ 18	산동에 이르러 소관 蕭關 가까운 길	산동에 이르러 소관 →소현蕭縣	산동은 연주를 지칭하므로 삭 제. 소관은 지금의 영하寧夏 고 원현固原縣 동남쪽 지역으로 서주에서는 아주 멀다. 실제 지리에 맞추어 고침.
205	455/ 2	진규에게 서주성 을 지키게	서주성→팽성	서주는 주 이름. 여기서 말하 는 서주성은 실제로는 팽성.
206	456/ 4	소관으로 가서	소관→소현	204번 참조.
207	456/ 7	진등이 먼저 소관에 도착하니	소관→소현성	204번 참조.
208	459/ 14	해주海州의 길가에	해주→동해東海	『후한서』「군국지」. 해주는 동위東魏 때의 지명.
209	460/ 3	열 개 현의 녹祿을	열 개→ 진규에게는 열 개	'열 개 현의 녹'을 더해 주는 대상이 불분명하여 진규의 이 름을 첨가.
210	460/ 11	산동에서는 장패와	산동→태산泰山	『삼국지』「위서·무제기」. 태산은 연주에 속한 태산군.
211	460/ 15	나는 직접 산동의	산동→동쪽과 서쪽 과 북쪽	실제 지형과 앞뒤 내용을 감 안하여 고침.
212	468/ 21	동쪽에는 유표와	동쪽→서쪽	유표가 있는 양양과 장수가 있는 양성은 조조가 있는 곳 에서 보면 모두 서남쪽.

20회 213	482/ 15	허창으로 돌아온	허창→허도	헌제가 천도한 뒤이므로 '허도'라 해야 함. 147번 참조.
214	483/ 6	육성정후陸城亭侯 유정을 낳고	육성정후→ 육성후陸成侯	『한서』'왕자후王子侯의 표문'.
215	483/ 23	현덕을 좌장군 의성 정후宜城亭侯	'의성정후宜城亭侯' 삭제	유비는 제14회에서 이미 의성정후가 됨.
216	484/ 16	허도에 와 있던 북해 태수 공융이	황제의 부름으로 허도에 와서 장작대장 將作大匠이 된 공융이	『후한서』「공융전」과 『후한서』「양진전楊震傳」에 첨부된 「양표전」.
217	490/ 19	내사內史를 시켜	內史→內使	가정본에 근거하여 고침. 내사는 내시.
218	495/ 23	시랑侍郎 왕자복이	시랑→장군	『삼국지』「촉서·선주전」.
219	499/ 5	왕시랑의 말씀은	왕시랑→왕장군	218번 참조.
220	499/ 15	서량 태수 마등馬騰이	서량 태수→정서장 군征西將軍	『삼국지』「촉서·마초전」.
221	501/ 18	서량의 군사들을	서량→량주	48번 참조.
21회 222	503/ 9	예주 목 유현덕이	예주 목→좌장군	『삼국지』「촉서·선주전」.
223	506/ 18	공부시랑工部侍郎 왕자복	공부시랑→장군	218번 참조. 당시에는 공부工 部라는 관서가 없었다.
224	506/ 19	다섯째는 소신장 군昭信將軍 오자란	소신장군→장군	『삼국지』「촉서·선주전」.
225	511/ 21	팔준八俊으로 불리고 위엄은 구주九州를 짓누르는	팔준→팔우八友 구주→9군九郡	'팔준八俊'은 '팔우'의 잘못. 68번 참조. 형주 관할 9군을 말함.
226	516/ 7	불리해지자 둥그렇게 성을 쌓고	불리해지자 역경易 京으로 물러나 지키면서 둥그렇게 성을 쌓고	원문의 뜻이 불완전하여 『삼국지』「위서·공손찬전」에 근거하여 보완함.
227	516/ 9	곡식 30만 섬을	30만→3백만	『삼국지』「위서·공손찬전」.

228	518/7	주령과 노소路昭	노소→노초路招	『삼국지』「촉서·선주전」.
229	522/10	서량주로 돌아가고	서량주→량주	48번 참조.
230	522/16	숭산崇山으로 가	숭산→첨산灊山	『삼국지』「위서·원술전」.
231	524/17	조카 원윤袁胤이	조카→사촌 아우	『삼국지』「오서·손토역전」 주에 인용된『강표전』.
232	524/20	서구를 고릉高陵 태수로	고릉 태수→ 정위廷尉	『후한서』「서구전」.
22회 233	532/23	환제 때 벼슬이 상서에 이르렀으나	환제→영제 상서→시중	『후한서』「정현전」.
234	533/10	정상서의 부탁이	정상서→정시중	233번 참조.
235	536/21	서기 진림陳琳에게	서기→기실記室	당시에는 서기라는 관직이 없었고, 소설 뒷부분에 '기실'로 나옴. 『삼국지』「위서·진림전」에 진림이 원소 밑에서 관직을 얻었다는 내용이 없다.
236	536/23	영제 때는 주부로	주부→대장군 하진의 주부	『삼국지』「위서·진림전」.
237	547/4	전군 유대劉岱와	전군→ 사공장사司空長史	『삼국지』「위서·무제기」주에 인용된『위무고사魏武故事』.
238	547/4	후군 왕충王忠을	후군→중랑장	『삼국지』「위서·무제기」주에 인용된『위략魏略』.
239	547/6	유대는 지난날 ……된 것이었다.	삭제	당시 두 명의 유대劉岱가 있었다. 연주 자사 유대는 동래東萊 모평牟平(지금의 산동성 복산福山 서북쪽) 출신으로 유요劉繇의 형. 그는 초평初平 3년(192년)에 청주의 황건적에게 피살당했다. 조조가 임명한 사공장사 유대는 패국沛國 출신으로 건안 4년(199년) 왕충과

				함께 유비를 공격하러 서주로 갔다. 작가는 이 두 사람을 같은 인물로 오인하고 있다.
240	551/ 11	익덕은 성미가	翼德→益德	『삼국지』「촉서·장비전」.
241	551/ 18	지난날 연주 자사를……대표하는 제후였네.	조조가 신임하는 사람으로 많은 공적을 세웠네	『삼국지』「위서·무제기」주에 인용된 『위무고사魏武故事』에 "유대는 사공장사로서 정벌에 따라나서 공을 세우고 열후에 봉해졌다"는 기록이 있다. 239번 참조.
242	555/ 13	서주는 공격받기	서주→팽성	서주는 성 이름이 아님. 이곳에서 말하는 곳은 팽성.
23회 243	559/ 19	경비를 맡는 집금오사執金吾使	집금오사→ 집금오執金吾	『후한서』「백관지百官志」및 『삼국지』「위서·가후전」.
244	565/ 12	북치는 고수가	鼓吏→鼓史	『후한서』「문원전文苑傳·예형전」.
245	570/ 5	종사중랑장 한숭韓嵩이 나서서	종사중랑장→ 종사중랑	『삼국지』「위서·유표전」.
246	570/ 10	강동江東으로 군사를	강동→강한江漢	『삼국지』「위서·유표전」. 당시 강동은 손책의 관할이었고, 여기서는 강한 즉 형주를 가리킨다.
247	571/ 20	한숭을 사면했다	사면했다→죽이는 대신 감옥에 집어넣었다	『삼국지』「위서·유표전」에 인용된 『부자傅子』. 이렇게 고쳐야 제42회에 '감옥에 갇힌 한숭을 석방했다'는 내용과도 부합된다.
248	573/ 12	이름은 길태吉太이고	길태→길본吉本	『삼국지』「위서·무제기」.
249	574/ 3	서량 군사 72만 명을 일으켜	서량 군사 72만→량주 군사 20만 명	72만은 지나친 과장이므로 가정본嘉靖本에 따라 고침.
250	583/ 5	醫國有稱平	稱平→吉本	248번 참조

24회 251	585/ 3	귀비를 죽이고	귀비→귀인貴人	『후한서』「황후기皇后紀」. '귀비'란 명칭은 남송 때부터 쓰기 시작함.
252	587/ 1	동승의 누이동생	누이동생→딸	『후한서』「황후기」. 가정본, 엽봉춘본, 이탁오본에 모두 '동승의 친딸'로 되어 있다.
253	592/ 6	허창이 턴	허창→허도	213번 참소.
254	596/ 18	서주나 하비로	서주→팽성	242번 참조.
255	597/ 24	청주성 아래에	청주→임치臨菑	청주는 주 이름, 성이 아님.
256	598/ 8	업군鄴郡에서 30리 나 되는	업군에서 30→업성 鄴城에서 2백	『삼국지』「촉서·선주전」. 『후한서』「군국지」에 의하면 업은 기주 위군魏郡에 속한 현 이름이며 주도임과 동시에 군 의 치소.
257	599/ 16	관공과 면식이	관공→관우	적장을 자로 부르는 것은 어 색하다.
25회 258	601/ 9	관공을 만나게	관공→관우	257번 참조.
259	626/ 23	칼에 찔려 말 아래	칼에 찔려→ 칼을 맞고	관우가 쓰는 '도刀'는 베거나 찍거나 쪼개는 무기이므로 '찔린다'는 표현은 어색하다.
26회 260	630/ 22	내가 과연 건널 것인 가吾其濟乎?	나는 다시 건너오 지 못하리라 吾其不反乎!	뜻이 통하지 않아『삼국지』 「위서·원소전」주에 인용된 『헌제전』에 근거하여 고침.
261	637/ 14	북쪽에 있는 무양武 陽으로	무양→양무陽武	『삼국지』「위서·무제기」. 무 양은 지금의 산동성 신현莘縣 남쪽에 있던 동무양東武陽인 데, 방위가 소설의 의도와 부 합되지 않음. 양무는 오늘날 의 하남성 원양原陽 동남.
262	640/ 20	주와 현을 빼앗고	주→군	여남은 37개 현과 후국侯國을 관할하던 군.

263	648/5	관공이 군사들의 제 지에도	관공→관우	여기선 '관우'의 이름을 부르는 것이 옳다.
27회 264	657/6	형양滎陽 태수 왕식王植의 종사로	형양 태수→형양을 지키는 장수	형양은 현이니 그 장관은 영令. 그러나 앞뒤 내용을 감안할 때 그곳을 지키는 장수로 보는 것이 합당하다.
265	660/1	낙양 태수 한복韓福에게	낙양 태수→낙양을 지키는 장수	낙양은 현이자 하남윤의 치소治所, 그 장관 역시 하남윤. 그러나 앞뒤 내용을 감안할 때 그곳을 지키는 장수로 봄이 옳다.
266	664/2	포동蒲東을 떠나신	포동→해현解縣	『삼국지』「촉서·관우전」. 포동은 포주蒲州로 16국國 시기에 설치한 지명.
267	666/18	도중에 태수와 관을 지키는	'태수와' 삭제	관우에게 피살된 사람 중에 태수는 없다.
268	668/22	활주滑州 경계에	활주→백마白馬	『후한서』「군국지」과 제25회의 내용에 따라 고침. 활주는 수나라 때의 행정구역이며 치소는 백마.
28회 269	695/6	말을 달려 기주로	기주→업성鄴城	기주는 주 이름이고 성이 아님. 여기서는 주도인 업성을 말한다.
29회 270	705/15	허창으로 보내	허창→허도	213번 참조.
271	707/21	오회吳會로 돌아와	오회→오현吳縣	'오회'는 오군과 회계군의 합칭. 여기선 오군의 치소 오현.
272	711/12	낭야궁琅琊宮의 도사 올시다	낭야궁→낭야琅琊	『삼국지』「오서·손토역전」주에 인용된『강표전』. 낭야는 우길의 출신지이지 도교 사원인 '궁관宮觀'을 말하는 것이 아니다.
273	724/18	임회臨淮 동천東川 사람입니다	동천→동성東城	『삼국지』「오서·노숙전」.

274	727/1	낭야 남양南陽 사람	남양→양도陽都	『삼국지』「오서·제갈근전」. 낭야는 서주에 속하고 남양은 형주에 속함.
275	727/11	손권을 장군으로	장군→토로장군討虜將軍	『삼국지』「오서·오주전」.
276	727/12	장굉을 회계 도위都尉로	도위→동부두위東部都尉	『삼국지』「오서·장굉전」.
277	727/17	중랑을 지낸 채옹蔡邕의 제자	중랑→중랑장	『후한서』「채옹전」. 후인들이 '채중랑'이라고 부르는 것은 중랑장의 약칭.
30회 278	738/8	자네는 업도鄴都로 돌아가서	업도→업성鄴城	업은 현인데, 건안 18년(213년) 조조가 위왕으로 봉해진 다음 처음으로 업도라 칭함. 256번 참조.
279	739/11	업군에서 사자가	업군→업성	256번 참조.
280	752/22	손발마저 잘려 나간 순우경	손발→손가락	앞의 내용에 맞추어 고침.
31회 281	759/20	기주로 돌아가기로	기주→업성	여양은 기주 위군魏郡 경내에 있으므로 기주로 돌아갔다는 건 어색함. 주의 수도이자 군의 치소인 업성으로 돌아갔다고 해야 함.
282	774/11	고람이 휘두르는 칼에	칼→창	제30회에서 고람의 무기는 창이라고 했다.
283	776/14	손건은 군郡에 이르러 유표를	군→양양襄陽	형주 관할에 9개 군이 있는데, 구체적인 성 이름이 나오지 않으므로 손건이 도착한 곳은 주의 수도 양양으로 봄이 타당하다.
284	779/7	형주로 들어가	형주→양양	283번 참조.
32회 285	781/13	원상도 창을 꼬나들고 싸우러	창을 꼬나들고→쌍칼을 휘두르며	제31회에서 원상이 사용하는 무기는 쌍칼이라고 했다.

286	781/ 17	기주로 돌아가고	기주→업성	281번 참조.
287	783/ 2	원상을 대사마 장군 으로	'대사마' 삭제	『삼국지』「위서·원소전」. 원 소의 관직이 대장군이었고, 원상은 그 직위를 계승했음.
288	785/ 1	서황이 단칼에 왕소 를 베어	단칼에 베어→도끼 로 찍어	서황의 무기는 큰 도끼임.
289	786/ 14	기주까지 추격했다	기주→업성	281번 참조.
290	786/ 24	가후를 태수로	가후→가신賈信	『삼국지』「위서·무제기」
291	795/ 13	돌문의 갑문閘門을 내려치게	돌문의 갑문→돌문 속의 책문柵門	『삼국지』「위서·원소전」
292	796/ 9	양평陽平에 이르러 양평정陽平亭에 군사 를 주둔시켰다	양평에 이르러 양평 정에→양평정陽平亭 에 이르러	『삼국지』「위서·원소전」. 양 평은 정亭의 이름.
293	798/ 8	예주 자사 음기陰夔	예주 자사→ 전 예주 자사	『삼국지』「위서·무제기」.
294	800/ 11	서문을 활짝 열어	서문→동문	『삼국지』「위서·무제기」, 『삼국지』「위서·원소전」.
33회 295	806/ 7	거느리고 기주성으 로 들어갔다	기주성→업성鄴城	기주는 주의 명칭, 여기선 주 의 수도 업현에 있는 업성을 말한다.
296	814/ 8	곽도는……들어가 려고 했다		원문에는 '들어갔다'고 되어 있으나 곽도가 성으로 들어가 지 못한 상황이므로 그에 맞 게 고침.
297	814/ 12	초촉焦觸과 장남張南	'초촉焦觸과' 삭제	다음에 나오는 '오환촉'이 초 촉인데 이곳 내용과는 어울리 지 않음. 300번 참조.
298	814/ 14	두 장수는 병기를	두 장수는→ 장남은	297번 참조.
299	815/ 23	초촉과 장남을	초촉과 장남→ 장남 등을	297번 참조.

300	816/ 7	유주 자사 오환촉烏 桓觸은	원희의 수하 장수 초 촉은 자칭 유주 자사 라 했는데	『삼국지』「위서·원소전」. '원희와 원상은 자신들의 장 수였던 초촉과 장남의 공격을 받고 요서의 오환으로 달아났 다. 초촉은 스스로 유주 자사 라 칭하며 熙尙爲其將焦觸張南所攻, 奔遼西烏桓. 觸自號幽州刺史……'라 한 기록에서 단락을 잘못 구 분하여 생긴 오류.
301	817/ 4	고간이 호관壺關의 길목	호관→호구관口關	『삼국지』「위서·원소전」.
302	818/ 10	선우單于(흉노의 왕) 에게 의탁하러 갔다	선 우→흉 노匈奴 의 수령 선우單于	『삼국지』「위서·원소전」.
303	818/ 12	북번北番(북방의 이 민족. 여기선 흉노) 의 좌현왕左賢王과	북번→흉노	『삼국지』「위서·원소전」. 북 번은 개념이 불분명한 용어.
304	819/ 2	조조는 서쪽으로 오 환을 칠	서쪽→북쪽	오환은 병주幷州의 북쪽이다.
305	820/ 19	곽가를 역주易州에 남겨	역주→역현易縣	『후한서』「군국지郡國志」, 『삼 국지』「위서·곽가전」. 역주 는 수隋나라 때의 지명.
306	820/ 20	원소 수하에 있었던 전주田疇	원소→유우劉虞	『삼국지』「위서·전주전」.
307	821/ 21	전주를 유정후柳亭侯 로 봉해	유정후→정후亭侯	『삼국지』「위서·전주전」.
308	821/ 24	노룡의 요새를		원문은 '노룡의 영채'. 『삼국지』「위서·전주전」에 근거하여 고침.
309	827/ 17	조조는 기주성	기주성→업성	281번 참조.
34회 310	830/ 10	조식과 조비를 업군 에 남겨 동작대	업군→업성	256번 참조.
311	833/ 11	형주에 들어앉으 려 하니	형주→양양	형주는 주 이름이고 성이 아 님. 여기선 주도인 양양을 말 한다.

312	836/7	현덕은 이에 형주	형주→양양	신야는 형주에 속하므로 신야에서 형주로 간다는 건 어색하다. 양양은 형주의 수도.
313	841/17	불러 모아 그 자리에서 현덕을	원문에는 '형주에서 양양으로 갔다'는 내용이 있으나 삭제	양양은 형주의 주도이며 유표의 거주지. 작가는 형주와 양양을 별도의 지역으로 오인하여 일련의 착오를 일으켰다.
314	841/20	주공께서 한번 가시기를 청합니다	원문에는 '형주에서 양양으로' 가시자는 내용이 있으나 삭제	313번 참조.
315	843/22	9군 42현	3군 42현	동한의 행정구역은 총 13주였고, 주 아래 군, 군 아래 현이 있었다. 여기 42현은 양양襄陽·남양南陽·강하江夏 3군에 소속된 현 모두를 가리킨다. 형주 전체로는 117개 현이 있었다.
316	847/19	함양 화덕이 쇠한	함양→장안	함양은 진나라의 도성, 한나라의 도성은 장안.
35회 317	852/10	아홉 군 마흔 두 현의 관료들이	아홉 군→세 군	315번 참조.
318	854/13	방덕공 선생의 자는 산민山民인데,	'자는 산민인데' 삭제	『삼국지』「촉서·방통전」. 방산민龐山民은 방덕공의 아들.
319	862/7	형주로 가게 했다	형주→양양	312번 참조.
320	867/1	번성에 주둔하면서	번성→양성穰城	번성은 신야의 남쪽에 바싹 붙어 있음. 원문은 사실과 맞지 않고 이치에도 어긋난다.
36회 321	871/3	번성을 습격하고	번성→양성	320번 참조.
322	874/22	북하北河를 향해	북하→백하白河	가정본 제70회와 본 소설 40회의 내용을 참고하여 고침.
323	878/10	패군의 조무래기	패군→탁군	『삼국지』「촉서·선주전」.

324	886/ 4	자가 자공子貢으로	자공→군공君貢	『삼국지』「촉서·제갈량전」.
325	886/ 8	남양南陽에서 농사를	남양→남양南陽 등 현鄧縣의 융중隆中	『삼국지』「촉서·제갈량전」의 주에 인용된『한진춘추漢晉春秋』.
326	888/ 4	남양으로 공녕을	남양→낭중	『삼국지』「촉서·제갈량전」주에 인용된『한진춘추』. 남양은 37개 현을 포괄하는 군으로 구체적인 지명이 아님.
37회 327	888/ 17	허창으로 갔다	허창→허도許都	213번 참조.
38회 328	926/ 1	참된 주인이 아니면 지켜 낼 수 없습니다	그 주인이 지켜 내지 못하고 있습니다.	『삼국지』「촉서·제갈량전」.
329	927/ 11	서천西川 54주州의 지도입니다	서천 54주→ 익주益州 54현縣	① 서천은 당대唐代의 지명이며 한중은 포함되지 않는다. ② 익주는 북부의 촉군·파군·광한廣漢·한중·건위犍爲 5개 군과 남중南中의 소수민족 취락지구를 포괄하는데, 5개 군에 모두 54현이 소속됨.
330	927/ 14	서천을 손에 넣어	서천→익주	329의 ①번 참조.
331	933/ 8	오회吳會에 손님을 맞이하는	오회→오현吳縣	271번 참조 당시 손권은 오현에 거주했음.
332	933/ 12	패현의 설종薛綜은	패현→패군	『삼국지』「오서·설종전」. 설종은 패군 죽읍竹邑 사람.
333	933/ 12	여양의 정병程秉은	여양→여남汝南	『삼국지』「오서·정병전」. 정병은 여남 남돈南頓 사람.
334	936/ 9	현령들이 모두 단양에 모였는데	단양→완릉宛陵	『삼국지』「오서·종실전」. 단양군의 치소는 완릉(현재의 안휘성 선성)이고 군내에 단양현이 있기는 하다.
335	937/ 8	오후吳侯께 사람을 보내	오후→ 토로장군討虜將軍	『삼국지』「오서·오주전」. 이때 손권은 아직 오후가 되지

38

				못하고 토로장군 겸 회계 태수임.
336	939/6	월중越中으로 옮겨	월중→전당錢塘	『삼국지』「오서·비빈전妃嬪傳」. 월중이라고 하면 범위가 지나치게 넓다.
39회 337	947/3	형주성에서 공자는 세 번	형주성→양양성	311번 참조.
338	947/7	형주를 향하여 달아났다	형주→양양	강하는 형주에 속하는데 형주를 향하여 달아난다는 건 이치에 맞지 않으므로 주도인 양양으로 고침.
339	949/5	대군이 오회吳會에	오회→오현	271번 참조.
340	951/8	하구로 가서	하구→당구當口	『삼국지』「오서·감녕전」. 원문은 '강하를 버렸다'는 앞의 내용과 모순됨.
341	952/1	현덕을 형주로	형주→양양	311번 참조.
342	963/5	번성에 있던 조운	번성→양성	320번 참조.
40회 343	973/3	가을 7월, 병오일	병오일→병자일	「이십사삭윤표」. 이 해 이 달에는 병오일이 없었다.
344	976/7	형주로 가서	형주→양양	311번 참조.
345	979/11	유선劉先에게 형주를 지키게	형주→강릉江陵	여기 형주는 강릉. 형주를 빌린 유비가 강릉을 다스리는데, 작가는 유표도 강릉에 주둔한 것으로 오인하고 있다.
346	979/12	양양으로 나아가 주둔하며	'나아가' 삭제	채부인과 유종은 유표를 수행하며 양양에 있었음.
347	979/16	유종이……하는데	삭제	346번 참조.
348	981/5	중랑中郞 채옹을	중랑→중랑장	『삼국지』「위서·왕찬전王粲傳」. 277번 참조.

349	981/ 24	유비를 농우隴右로 쫓아내고	농우→서주徐州	『삼국지』「촉서·선주전」, 본 소설 24회. 유비가 농우에 이른 것은 훨씬 뒤의 일.
350	982/ 17	작별하고 형양으로	형양→양양	형양은 형주 전체. 여기선 주도인 양양을 말함.
351	986/ 24	박릉博陵 나루터로	박릉→백하白河	가정 임오본 『삼국지통속연의』에 따라 고침. 박릉과 백하는 매우 멀다.
41회 352	998/ 17	창을 꼬나들고	칼을 휘두르며	위연의 무기는 칼.
353	1000/ 1	수만 명의 백성	수만→10여만	『삼국지』「촉지·석주전」과 소설 내용에 모두 10여만으로 되어 있다.
354	1003/ 12	괴월을 강릉 태수 번성후樊成侯	강릉→장릉章陵 번성후→ 번정후樊亭侯	『삼국지』「위서·유표전」주에 인용된 『부자傳子』.
355	1003/ 12	부손付巽……삼고	부손付巽……삼고, 감옥에 갇힌 한숭韓嵩을 풀어 대홍려大鴻臚로 삼았다. 그 밖의 여러 관원들에게도 벼슬을 주고 상을 내렸다.	'감옥에……내렸다' 부분은 소설 속에서 조조가 강릉을 차지한 뒤에 나오는 구절. 그러나 한숭이 갇힌 곳은 강릉이 아니라 형주의 주도인 양양이므로 이곳으로 옮김. 247번 참조.
356	1003/ 19	청주는……것일세.	후일 자네를 조정에 데려다 벼슬을 내리기 위함일세.	청주가 양양보다 허도에서 더 멀어 이치에 맞지 않으므로 내용을 바꿈.
357	1019/ 21	마흔 두 해	두→한	유선은 223년부터 263년까지 41년간 황제 자리에 있었다.
42회 358	1023/ 5	張翼德	翼德→益德	『삼국지』「촉서·장비전」.
359	1034/ 17	강하로 돌아가셔서	강하→사선沙羡	하구는 강하군에 속하므로 유비는 하구로 가고 유기는 강하로 간다는 건 이치에 맞지 않음. '사선'은 군의 치소.

360	1035/ 3	강하로 갔다	강하→사선	359번 참조.
361	1035/ 9	형주의 군사와	형주→강릉	강릉은 현이므로 형주를 대표할 수 없음.
362	1035/ 11	감옥에……내렸다	제41회로 옮김	355번 참조.
363	1036/ 6	서쪽으로는……황주까지 닿아서	서쪽으로는 강릉에서 시작하여 동쪽으로는 기춘蘄春까지 이어져	『후한서』「군국지郡國志」. 원문의 지명은 모두 후대에 설치한 행정 구역.
364	1036/ 10	손권은 시상군	시상군→시상柴桑	시상은 양주 예장豫章군에 속한 현.
365	1040/ 15	창오蒼梧 태수 오신吳臣	오신→오거吳巨	『삼국지』「오서·사섭전士燮傳」과『자치통감』권65, 건안 12년조. 글자가 비슷하여 생긴 오류.
366	1041/ 14	지금 강동의 참모로 계시며	강동의 참모→손장군의 장사長史	『삼국지』「오서·제갈근전」.
43회 367	1060/ 3	여양 출신의 정덕추程德樞	여양→여남汝南	『삼국지』「오서·정병전程秉傳」
368	1061/ 1	동오의 군량관	군량관→단양丹陽 도위都尉	『삼국지』「오서·사섭전」. '군량관'이란 관직은 없으며, 소설에도 황개가 군량을 관리한 내용은 없다.
369	1061/ 18	오후吳侯를 알현하고 나서	오후→손장군	335번 참조.
44회 370	1094/ 3	원씨의 무리 역시	원씨→유표	『삼국지』「오서·주유전」주에 인용된『강표전江表傳』. 글자를 잘못 보아 생긴 오류.
45회 371	1105/ 16	강하를 지키게	강하→사선沙羨	359번 참조.
372	1112/ 11	11월 20일 임신일		임신일은 원문에 갑자일로 되어 있는데「20사삭윤표」에 따라 추산하여 고침.

373	1115/ 15	오후에게 사람을 보내어	오후→손장군	335번 참조.
374	1116/ 7	두 사람은 강동에	강동→강한江漢	채모와 장윤은 강동 사람이 아니고 강동에서 벼슬한 적도 없음. 강한은 형주.
375	1124/ 23	장윤과 채모	채모와 장윤	신분과 관직 순서로 보아 채모를 먼저 말해야 한다.
47회 376	1157/ 12	남의 집 고용살이를……잊어버리는 법이 없었다	남에게 고용주가 종이와 붓을 제공하면 책을 필사해 주는 고용살이를 했는데, 자신이 한번 베낀 내용은 잊어버리는 법이 없었다	『삼국지』「오서·감택전」.
48회 377	1179/ 9	강남 81주州	주州→현縣	오군·회계·단양·예장·여릉廬陵·여강廬江 등 6군은 모두 양주에 속하며 도합 78현을 관할하는데 손권이 차지한 뒤 다시 5현을 신설함.
378	1181/ 14	서량주의 한수와	서량주→량주	48번 참조.
379	1184/ 15	지난날……뜻이 맞았는데	삭제	조조는 수양睢陽(지금의 하남성 상구商丘 남쪽) 사람 교현喬玄(자 공조公祖. 109~184)과 교분이 두터웠으나 여기 교공(교국로)은 여강 환현皖縣 사람으로 교현보다 후대 인물.
380	1191/ 1	아들 유희劉熙가	유희→유정劉靖	『삼국지』「위서·유복전」. 유희는 유정의 아들로 유복의 손자.
49회 381	1206/ 20	20일 임신일……22일 갑술일		원문은 '20일 갑자일' '22일 병인일'인데 「20사삭윤표」에 따라 추산하여 고침.
382	1212/ 4	그 배는 하류를		원문은 '상류'인데 당시 유비의 위치에 맞추어 고침.

383	1214/20	황주黃州 경계	황주→악현鄂縣	황주는 수대隋代 이후의 지명, 동한 때는 악현에 속함.
384	1215/3	이릉彝陵의 경계를	이릉→주릉州陵	이릉은 적벽에서 서북쪽 수백 리 떨어진 곳에 있으므로 이치에 맞지 않다.
385	1216/6	전투선 네 부대를		원문은 '네 척'인데 이어지는 내용에 맞추어 고침.
386	1216/16	곧장 기蘄·황黃 지방으로	기·황→기춘蘄春	363번 참조.
387 | 388	1217/22	하나는 남군으로 통하는 길이요……형주로 가는 길입니다……남군 쪽은 형세가……그는 반드시 형주 쪽으로	남군→경릉竟陵 형주→강릉江陵	여기 형주는 강릉을 말하며, 강릉은 남군의 치소이므로 남군과 형주, 강릉과 남군을 병렬할 수 없다. 본회에서 '조조가 감히 남군 쪽으로 가지 못할 것'이라고 하고 제50회에서는 '남군으로 달아났다'고 하여, 전체적으로 형주·남군·강릉을 혼동함.
389	1218/4	이릉으로 가는 길을 차단하고	이릉→강릉	이릉은 오림에서 수백 리 떨어져 있고 방향도 강릉의 서북쪽이므로 원문 내용은 이치에 맞지 않다. 388번 참조.
390	1218/5	조조는 감히……갈 것이오	삭제	당시 남이릉·북이릉이란 지명이 없었다.
391	1219/8	무창武昌은 사방을	무창→사선沙羨	무창은 당대 이후의 지명, 당시에는 사선에 속함.
50회 392	1233/21	조조는 이릉을	이릉→강릉	앞의 내용에 따라 교정함.
393	1234/5	여기는……의도宜都의 북쪽입니다	'의도의 북쪽' 삭제	의도는 강릉의 서쪽. 원문은 방향 착오.
394	1236/2	한쪽은 남이릉으로……산길입니다	한쪽은 큰길이고, 또 한쪽은 산길입니다	390번 참조.
395	1236/5	북이릉 길로 해서	북이릉 길→산길	394번 참조.

396	1239/ 17	대부분이 이릉 길에 서 기습을	이릉 길→길	앞뒤 내용에 따라 교정함.
397	1242/ 3	형주까지 가서	형주→강릉	여기 형주는 강릉을 가리킴.
398	1245/ 18	남군 가까이에	남군→강릉	화용은 남군의 속현이므로 '남군 가까이'란 표현은 이치에 맞지 않음. 규 소재지 강릉으로 보아야 함.
399	1248/ 1	형주는 자네에게	형주→남군	실제로 조인이 맡은 곳은 남군. 양양은 형주에 속하므로 하후돈이 양양을 지키는데 형주를 조인에게 맡긴다는 건 이치에 맞지 않다.
400	1249/ 1	이릉과 남군을 지키며 주유를 방비하게	'남군을' 삭제	이릉은 남군의 속현이므로 둘을 병렬하는 것은 이치에 맞지 않음. 여기 남군은 강릉으로 조인이 지키고 있음.
51회 401	1253/ 21	그가 그 일을 꺼내면		원문은 '그가 군사를 거느리고 오면'인데 앞뒤 내용과 조화를 이루지 못하므로 여상두본余象斗本『신각안감전상비평삼국지전新刻按鑑全像批評三國志傳』(이하 '여상두본'으로 줄임)에 근거하여 고침.
402	1254/ 16	한강漢江을 병탄하려 한 지는	한강→강한江漢	남군 자체가 한수 유역이므로 '강한'이라 해야 함. 강한은 형주.
403	1254/ 20	남군 등지를	'등지' 삭제	원문은 '남군과 그 밖의 여러 곳'으로 오해할 수 있다.
404	1256/ 2	남군성 안에 높이	남군성→강릉성	남군은 군 이름. 여기선 군의 치소인 강릉성을 말함.
405	1256/ 22	남군에 있으면서	남군→강릉	404번 참조.
406	1256/ 24	대강을 건넜습니다		원문은 '한강'인데 실제 지리에 따라 고침.

407	1269/ 9	감녕은……취하고	삭제	형주는 주 이름이고 성이 아님. 여기 형주는 강릉으로 이미 조운이 빼앗았음. 작가의 지리 개념이 명확치 않아서 생긴 착오.
408	1269/ 14	"제갈량이……보고 했다	삭제	407번 내용에 따라 교정함.
	1269/ 20	운장을 시켜	운장→관우	관우는 적장인데 자를 부르는 건 어색함.
409	1270/ 2	진교를 잡았으니	강릉을 차지하고 진교를 잡았으니	408번에서 삭제한 '제갈량이……습격했답니다'는 구절을 여기에 보충하면 문장의 뜻이 자연스럽게 연결된다.
52회 410	1271/ 6	형주와 형양까지 습격하여	형주와 형양→ 강릉과 양양	404, 407번 참조.
411	1272/ 23	성 아래……형주로 달려갔다	삭제	형주는 주 이름이고 성이 아님. '형주성'이라 한 것은 작가의 착오. 형주는 강릉. 역사 기록에는 유비는 적벽대전 뒤 유강구에 주둔하며 지명을 공안公安이라 고치고 형주목이 될 때까지 통치했으며, 주유가 죽고 형주를 빌린 뒤 강릉을 주도로 삼았다고 되어 있음.
412	1276/ 1	형주와 남군, 양양	'형주와' 삭제	410번 참조.
413	1276/ 11	형양의 마씨馬氏네	형양→양양	『삼국지』「촉서·마량전」. 마량 형제는 양양 의성宜城 사람.
414	1276/ 20	형양은 사방으로	형양→양양	'형양'은 형주 전체. 앞뒤 내용으로 보아 여기서 말하는 곳은 양양.
415	1278/ 6	서쪽에 있는 영릉이 제일 가까우니 먼저 빼앗으십시오	영릉이 제일 가까우니→영릉을	유비는 강릉에 있었으므로 무릉이 제일 가깝고 장사가 그 다음, 영릉과 계양은 비교적 멀다. 411번 참조.

416	1278/10	운장을 형주로	형주→강릉	411번 참조.
417	1278/14	미축과……했다	삭제	411번 참조.
418	1278/18	우리 주의 상장	주→군郡	영릉은 형주의 속군.
419	1278/21	성에서 30리	성→천릉성泉陵城	영릉군의 치소가 친릉으로, 지금의 호남성 영릉.
420	1279/9	나는 남양의 제갈공 명이다	남양→낭야琅琊	자신을 소개할 때는 본관을 말하는 것이 관례인데, 제갈량의 본관은 낭야임. 남양은 그가 은거했던 융중을 관할하는 군이다.
421	1282/2	영릉으로 돌아간	영릉→천릉	419번 참조.
422	1282/6	유현은 형주로	형주→강릉	영릉은 형주의 속군이므로 영릉에서 형주로 갔다는 말은 이치에 어긋남. 411번 참조.
423	1284/4	거느리고 적을 맞으러 성밖으로	성→침현성郴縣城	계양군의 치소가 침현(지금의 호남성 침주시)이고 군내에 계양현(치소는 광동성 연현連縣)이 있었음.
424	1286/21	가형과 성이	가형→ 서방님의 형님	'가형'은 자신의 친형을 지칭하는 말로 번씨가 할 수 있는 말이 아님.
425	1288/20	계양성 아래	계양성→침현성	423번 참조.
53회 426	1291/20	성을 나가 싸우려	성→임원성臨沅城	무릉은 군 이름이고 성이 아님. 군의 치소는 임원(지금의 호남성 상덕常德 서쪽).
427	1293/1	계양으로 가서	계양→침현	423번 참조.
428	1293/11	형주를 지키게	형주→강릉	422번 참조.

429	1295/ 22	성을 나갔다	성→임상성臨湘城	장사는 군 이름이고 성이 아님. 군의 치소는 임상(지금의 호남성 장사).
430	1302/ 2	장사로 들어갔다	장사→임상	429번 참조.
431	1302/ 9	한남漢南 땅에서	한남→강남江南	'한남'은 황충의 경력과 맞지 않음. 장사군은 장강 남쪽.
432	1303/ 22	형주로 돌아갔다	형주→강릉	네 군이 모두 형주에 속하므로 형주로 돌아갔다는 말은 이치에 어긋남. 411번 참조.
433	1304/ 2	감녕은 파릉군巴陵郡을 지키고	파릉군→파구巴丘	실제 지리에 따라 고침. 파릉군은 남조南朝 송나라 때 장사군에서 분리하여 처음 설치.
	1304/ 3	능통은 한양군漢陽郡을 지키며	한양군→ 한창군漢昌郡	『삼국지』「오서·오주전」, 손권이 건안 15년(210년) 한창군을 설치, 치소는 육구陸口(지금의 호북성 가어嘉魚 서남쪽). 당시 한양군은 지금의 감숙성 경계 지역에 있었으므로 소설 내용과 방위가 맞지 않음.
434	1308/ 12	소리를 지르게	소리를 지르면 나는 뒤로 가서 반란이 일어났다고 소리치겠네.	'여상두본'에 따라 보충함.
435	1310/ 11	남서南徐 윤주潤州로 돌아갔다	남서 윤주→ 경성京城	남서와 윤주는 같은 지역으로 각각 다른 시대의 지명이므로 둘을 같이 쓸 수 없음. 손권이 주둔하던 당시 지명은 경성.
436	1310/ 15	마땅히 삼척검三尺劍을 들고	삼척검→ 칠척검七尺劍	『삼국지』「오서·태사자전」 주에 인용된 위소韋昭의 『오서』.
437	1311/ 5	남서의 북고산北固山 아래……	남서→경성	435번 참조
438	1311/ 6	아들 태사형太史亨	태사형→ 태사향太史享	『삼국지』「오서·태사자전」. 글자가 비슷하여 생긴 오류.

54회 439	1314/20	6군 81주를 점거	주→현	377번 참조.
440	1317/3	주랑 같은 일개 어린아이	주랑 따위	제갈량은 주유보다 여섯 살이나 어리므로 '어린아이'란 표현은 어울리지 않음.
441	1317/12	서천西川의 유장劉璋은 어둡고	서천→익주	329번 참조.
442	1318/8	시상으로 가서		'시상'은 원문에 '시상군'임. 364번 참조.
443	1320/3	형주성에 조기를	형주성→강릉성	411번 참조.
444	1324/12	이미 반백半百이라	반백→ 오십이 가까워	『삼국지』「촉서·선주전」. '반백'은 50세를 말하는데, 유비는 이때 만48세였고 뒤에도 50이 가깝다고 함.
445	1326/7	형주를 떠나 남서를 바라고	형주→강릉 남서→경성	411, 435번 참조.
446	1329/10	이미 여러 날이	여러 날→몇 시간	앞의 내용에 맞추어 고침.
55회 447	1357/23	황주黃州 경계	황주→악현	383번 참조.
448	1358/9	부인을 뺏기고	('뺏기고'의 원문) 陪了→賠了	원대元代의 잡극 '격강투지隔江鬪智' 제2절折 내용을 근거로 고침.
56회 449	1361/7	조조는 업군鄴郡에서 신하들과	업군→업성鄴城	256번 참조.
450	1368/20	한수 일대 아홉 군	한수 일대→형주	형주의 강남 4군은 한수 유역이 아니므로 '한수 일대 9군'은 사실과 어긋남.
451	1371/7	주유를……태수로 삼고		원문에는 '총령總領'이란 두 자가 있으나 불필요하다.
452	1371/8	화흠을 대리소경大理少卿으로	대리소경→ 의랑議郎	『삼국지』「위서·화흠전」. 동한 말에는 '대리소경'이란 관직이 없었다.

453	1375/18	서천을 수중에	서천→촉蜀	62번 참조.
454	1378/7	형주를 향해	형주→강릉	이 부분의 형주는 모두 강릉을 가리킴. 400번 참조.
455	1380/6	관 아무개는 강릉으로부터	관아무개→관우 강릉→양양	① 적장은 이름을 부르는 게 상식. ② 53회에서 유기가 죽자 유비는 관우에게 양양을 지키게 했음. '강릉'은 작가의 착오.
57회 456	1381/9	현덕과 공명이	현덕→유비 공명→제갈량	적장은 이름을 부르는 것이 상식이다.
457	1381/21	오후가 아우 손유孫瑜를	오후→토로장군 아우→종형	이때는 손권이 오후가 되기 전. 335번 참조. 『삼국지』「오서·종실전」에 따르면 손유는 손권의 숙부 손정의 아들이고, 손권보다 다섯 살 위임.
458	1382/1	나는 형님의 명을	'형님의' 삭제	457번 참조.
459	1382/9	시상에서 한번	시상→적벽	제갈량과 주유는 적벽에서 조조군과 싸울 때 헤어진 뒤 다시 만난 적이 없음.
460	1393/9	동북쪽으로 1백 30리 되는	동북→동남 1백 30리→1천 리	뇌양현은 유비가 있는 강릉에서 동남쪽으로 약 1천 리 떨어진 곳. 작가의 방향 착오.
461	1398/11	부군사副軍師 중랑장으로	부군사→군사	'부군사 중랑장'이란 관직은 없었음.『삼국지』「촉서·방통전」에 근거하여 고침.
462	1399/7	서량으로 가서	서량→량주凉州	48번 참조.
463	1401/4	문하시랑門下侍郞 황규黃奎를 불러	문하시랑→시랑侍郞	문하시랑은 당대唐代에 처음 설치한 관직.
58회 464	1408/20	남군으로 사람을 보내 공명을	남군→임증臨烝	이때 유비가 있던 강릉은 남군의 치소이니, 남군으로 사

				람을 보낸다는 건 모순. 『삼국지』「촉서・제갈량전」에 근거하여 고침.
465	1411/ 14	서량 태수 한수가	서량 태수→진서장 군鎭西將軍	57회에서 한수를 진서장군이 라 했음.『삼국지』「촉서・마 초전」참고.
466	1411/ 18	서량후西凉侯로 봉하 겠소	서량후→ 윤오후允吾侯	당시 관제에 지방관으로 후侯 를 봉하는 것은 현후縣侯가 최 고 등급. 주州인 서량의 통치 자를 '후'로 봉하는 건 당시 관제와 맞지 않음. 한수의 고 향 금성군金城郡의 치소가 윤 오현이므로 이렇게 고침.
467	1413/ 7	장안 군수 종요鍾繇 는 나는 듯이	군수→수장守將	장안은 군이 아니므로 군수가 있을 수 없음.『삼국지』「위 서・종요전」에 의하면 종요 는 시중侍中 겸 사례교위司隷校 尉 대리로 관중關中의 군마를 감독했음.
468	1417/ 2	조홍은 나이 어려 조 급하고	나이 어려→ 성미가	조홍이 조조를 따른 지 21년 이니 적어도 40세 전후이므 로, 어리다는 건 어색하다.
469	1417/ 6	젊은 장군께서	젊은→조홍	468번 참조.
470	1423/ 1	거느리고 위하渭河 를 건너기로	위하→하수河水	황하는 북에서 남으로 흐르며 '하河' 혹은 '하수河水'라 부르 고, 위수渭水는 서에서 동으로 흐르며 동관潼關에서 하수로 흘러들고 하수는 동관 지역에 서 L자형으로 꺾여 동쪽을 향 해 달린다. 이런 지형으로 말 미암아 본래 동관 동쪽에 있 던 조조군은 북쪽으로 하수를 건너고, 포판진에서 다시 서 쪽으로 하수를 건너 위수 북 쪽에 이른 뒤 다시 남쪽으로

				위수를 건너 마초군과 결전을 벌인 것이다. 작가는 이런 지리를 파악하지 못하여 본회와 다음 회에서 지리 묘사에 혼란을 일으킴.
471	1423/ 6	황하를 따라 북쪽 기슭을	황하 기슭을	470번 참조. 마초가 동관을 점령하자 조조는 위수 북쪽으로 우회하여 위수 입구와 위수 남쪽으로 퇴각했고, 황하 북쪽까지는 가지 못했음.
472	1423/ 7	하동河東에 있는 식량은	'하동에 있는' 삭제	조조가 하북으로 건너가려 한다는 것은 하동군 경내에 있다는 말인데 조조가 황하를 건너지 못하도록 저지한다는 것은 앞뒤가 맞지 않는다.
473	1423/ 19	위하를 건너려고	위하→황하	470번 참조.
474	1425/ 10	마침 위남渭南 현령 정비丁斐가	위남 현령→ 교위校尉	이 시기에는 위남현이 없었으므로 위남 현령도 있을 수 없다. 『삼국지』「위서·무제기」에 근거하여 고침.
475	1426/ 9	정비를 전군교위典軍校尉로 임명했다	정비에게 무거운 상을 내렸다.	474번 참조. 정비의 직위는 전에 이미 교위임.
476	1426/ 15	여러 패로	하서河西로 건너간 다음 여러 패로	470번 참조.
477	1428/ 8	황하를 건너지 못하도록	황하→위수	조조가 이미 황하를 건넜으니 위북에 있는 셈. 조조군을 막으려면 위수 북쪽을 막아 강을 건너지 못하게 해야 한다.
478	1428/ 15	곧바로 위남渭南에 이르렀다	위남→위북渭北	471, 477번 참조.
479	1429/ 7	황하 북쪽에	황하→위수	477번 참조.
59회 480	1431/ 6	이날 밤 양쪽 군사들은 서로	('양쪽 군사'의 원문) 兩兵→兩軍	원문은 부정확한 표현.

481	1434/9	초군譙郡의 허저다	초군→패국沛國	초군은 뒤에 생긴 이름, 당시 그 지역은 패국에 속함.
482	1436/15	하서로 건너가서	하서→위남渭南	조조는 위북, 마초는 위남에 있는 상황. 따라서 마초를 협공하려면 두 장수가 위남으로 건너가야 한다.
483	1438/11	이미 하서에다	하서→위남	482번 참조.
484	1438/15	이미 하서로	하서→위남	482번 참조.
485	1439/17	그대에게 하서의 땅을 돌려주겠다	하서→위수 남쪽	앞의 내용에 맞추어 고침.
486	1441/3	장군은 금년에 연세가 몇이시오		『삼국지』「위서·무제기」주에 인용된『전략典略』에 근거하면 한수는 건안 20년(215년) 70여 세로 죽었으니 이때 이미 70세에 가까웠을 것이다. 소설에서는 나이를 지나치게 줄였다.
487	1441/6	마흔입니다.	일흔에 가깝습니다.	『삼국지』「위서·무제기」주에 인용된『전략(典略)』. 한수는 건안 20년(215년) 70여 세로 죽었으니 이때는 70세에 가까운 나이.
488	1441/8	중년이 되었구려	중년이→노경이	이때 한수는 70이 가까웠고, 조조는 57세로 둘 다 노경으로 접어든 셈.
489	1445/6	서량 태수로	서량→안정安定	55번 참조.『삼국지』「위서·무제기」에 근거하여 고침.
490	1447/13	치더니 하북으로	하북→위수 북쪽	477번 참조.
491	1448/11	서량후의 직책을	서량후의 직책→윤오후允吾侯의 작위	후侯는 작위이지 직책이 아님. 466번 참조. 실제로 한수는 조조에게 항복한 적이 없고, 이 부분은 허구.

492	1452/ 18	장로를 진남중랑장 鎭南中郞將으로	진남중랑장→진민 중랑장鎭民中郞將	『삼국지』「위서·장로전」.
493	1453/ 6	서천의 41주를	41주→45현	익주는 남중南中의 4군을 제외 하고도 한족漢族이 모여 사는 5군 아래에 54현을 관할한다. 여기서 한중군의 9현을 제외 하면 45현. 329번 참조.
494	1453/ 10	서천으로 가서	서천→촉중	당시 이곳의 명칭은 촉蜀. 62번 참조.
60회 495	1457/ 1	남쪽에는……있습 니다	남쪽에는 손권과 유 비가 있고, 서쪽에는 장로가 있습니다	허도를 중심으로 보면 원문의 표현은 방위 착오.
496	1457/ 19	장고주부掌庫主簿로 있었다	장고주부→창조속 倉曹屬 주부	『삼국지』「위서·진사왕전陳思 王傳」 주에 인용된 『전략典略』.
497	1462/ 20	淸高體貌疏	體貌→禮貌	'體'와 '禮'의 글자가 비슷하 여 생긴 오류. 가정嘉靖 원년본 에 근거하여 고침.
498	1466/ 7	위수에서는 배를	위수→하수河水	470번 참조.
499	1467/ 6	영주郢州 경계에	영주→강하江夏	영주는 후대의 지명, 동한 말 에는 형주 강하군에 속함.
500	1467/ 24	형주 경계에	형주→남군	강하는 형주에 속하므로 형주 에 이르렀다는 말은 옳지 않 다. 이때 유비는 남군의 치소 인 강릉에 주둔함.
501	1468/ 18	도읍으로 돌아가신 다는	도읍으로→허도를 떠나	정소환鄭少桓본 『삼국지전三國 志傳』에 따라 고침.
502	1469/ 10	6개 군 81개 주	81개 주→83개 현	377번 참조.
503	1473/ 11	법진法眞의 아들	아들→손자	『삼국지』「촉서·법정전」. 법 정의 부친은 법연法衍.
504	1473/ 20	자가 자경子慶으로	자경→자도子度	'慶'과 '度'의 글자가 비슷하 여 생긴 오류. 『삼국지』「촉 서·유봉전」에 의하여 고침.

505	1475/ 15	41개 주군은	41개 주군→ 45개 현	493번 참조.
506	1475/ 17	서낭중西閬中 파巴 사람 황권	서낭중 파촉→ 파서巴西 낭중閬中	『삼국지』「촉서·황권전」.
507	1476/ 22	장전 종사관帳前從事 官 왕루王累였다	장전종사관→종사	『삼국지』「촉서·유장전」.
508	1477/ 22	위명威名을 들은 지	(원문) 久伏電天→ 久伏電譽	'가성본'과 '이탁오평본'.
509	1481/ 5	청니靑泥의 요충을	요충→하구河口	'청니애구靑泥隘口'는 지금의 섬서성 남전藍田 동남쪽으로 양양과 매우 먼 곳, 청니 하구 는 양양 부근.
510	1481/ 17	연도의 주군에	주군→군현	당시의 행정구역은 주·군· 현으로 나뉘는데 익주 관할에 는 군·현만 있고 주는 없음.
511	1486/ 18	영포泠苞	영포→냉포泠苞	글자가 비슷하여 생긴 오류. 『삼국지』「촉서·선주전」에 근거하여 고침.
61회 512	1493/ 7	백수 도독白水都督 양 회楊懷와……부수관 涪水關을 지키도록	백수 도독→ 백수 군독軍督 부수관→백수관	『삼국지』「촉서·선주전」. 『화양국지華陽國志』「한중지漢 中志」.
513	1494/ 7	81주를 거느렸으면 서도	81주→83현	377번 참조. 역사적으로 손권 은 당시 교주交州까지 설치하 여 1백여 개 현을 거느렸으나 소설에서는 그 내용을 다루지 않았다.
514	1495/ 12	정박하고 형주로	형주→강릉	411번 참조.
515	1496/ 9	일곱 살 난 아두를	일곱→다섯	아두는 건안 12년(207) 생이므 로 이때(건안 16년)는 5세.
516	1502/ 21	익덕을 칭찬해서	(원문) 翼德→益德	『삼국지』「촉서·장비전」.
517	1505/ 10	맨발로 배로	맨발로→ 발을 씻고	『삼국지』「오서·여몽전」 주 에 인용된 『오록吳錄』

62회 518	1515/ 3	부관을 빼앗자	부관→백수	512번 참조.
519	1516/ 21	사자가 부수관 앞에 당도하자	삭제	양회와 고패가 지키던 백수관은 가맹관의 서북쪽에 있으므로 유비가 보낸 사람이 성도로 가면서 백수관을 거칠 필요는 없다.
520	1520/ 2	구해 내지 못할 것입니다	구해 내지→ 오래 버티지	『삼국지』「촉서·방통전」.
521	1520/ 9	청니진靑泥鎭에 당도했소	청니진→청니靑泥	『삼국지』「촉서·선주전」. 509번 참조.
522	1522/ 9	부성으로……부수관으로 사람을	'부성으로' 삭제, 부수관→백수관	앞의 내용에 따라 고침.
523	1522/ 12	현덕이 지금	현덕→유비	양회와 고패는 유비에게 적의를 품고 있으므로 자를 부르는 것은 상황에 맞지 않다.
524	1522/ 21	선두가 부수 가에	부수→백수	512번 참조. 가맹관과 백수관 모두 백수와 가깝다. 소설에서는 백수와 부수를 계속 혼동하고 있다.
525	1525/ 9	부관을 차지하고	부관→백수관	512번 참조.
526	1525/ 10	군사를 나누어 앞뒤를 지키게 했다	부성으로 진격하여 점거하고 군사를 나누어……	앞에서 방통이 '관을 빼앗은 다음 먼저 부성을 차지하고 성도로 진군'하자고 했는데 소설에서는 관과 성을 구분하지 못하여 오류가 생김. 추가한 내용은 『삼국지』「촉서·선주전」의 '진거부성進據涪城'이란 기록에 근거함.
527	1526/ 9	부수관을 습격했다는 소식을	부수관→부성	526번 참조.
528	1526/ 14	파견하여 낙현雒縣에 주둔시키고	파견하여→부성으로 파견하여	『삼국지』「촉서·선주전」에 따르면 유비의 공격로는 부성→면죽→낙현(낙성)→성도로,

				실제 지리와도 부합됨. 그러나 소설에는 부성→낙현(낙성)→면죽→성도로 되어 있어 이 때문에 줄거리에 일련의 착오가 생김.
529	1526/23	마침 금병산을 지나게 되니	삭제	금병산은 성도 서남쪽, 낙현과 부성은 성도의 북쪽이므로 성도에서 부성으로 가는 길에 금병산을 지날 수는 없다.
530	1527/21	훨훨 날아 서천으로 들어가네	서천→촉의 관문	동한 말기 사람들의 입에서 '서천'이란 말이 나올 수 없다. 『삼국지』「오서·하소전賀邵傳」에 근거하여 고침.
531	1529/1	부수관을 얻은	부수관→부성	526번 참조.
532	1536/15	손권이 동천東川의 장로에게	동천→한중漢中	동천은 검남동천절도사劍南東川節度使의 약칭으로 당대唐代에 처음 설치되었으며, 한중漢中은 그 관할도 아님.
533	1537/3	수하에서 중랑장을 지냈습니다	중랑장을 지냈습니다→있었습니다	『삼국지』「촉서·곽준전」. 곽준은 유비에게 귀순한 후에 비로소 중랑장이 됨.
534	1538/3	혹시 팽영언彭永言	팽영언→팽영년彭永年	『삼국지』「촉서·팽양전彭羕傳」
63회 535	1539/5	張翼德	翼德→益德	『삼국지』「촉서·장비전」.
536	1539/13	자는 영언永言인데	영언→영년永年	『삼국지』「촉서·팽양전」
537	1541/3	영포를 압송하여 부관으로	영포→냉포 부관→부성	511, 526번 참조.
538	1549/6	부관으로 쫓겨	부관→부성	526번 참조.
539	1553/13	파주巴州와 낙성의 서쪽	'파주와' 삭제	이곳에서는 장비가 진군하는 목적지를 가리킴.

540	1554/ 5	파군巴郡에 이르렀다	파군→강주江州	파군은 군 이름이지 성이 아님. 여기서는 치소인 강주(지금의 중경 지구)를 가리킴.
541	1556/ 6	파군성 아래로	파군성→강주성	540번 참조.
542	1562/ 2	파주성의 나이	파주성→파군성	당시 엄안은 파군 태수. 파주는 진晉나라 말기의 지명.
64회 543	1566/ 4	남문……북문에는 부수가	남문→북문 북문→남문 부수→낙수	『수경水經』「강수江水」. 부수는 낙성에서 멀리 떨어져 있음.
544	1575/ 7	지방의 주와 군	주와 군→군과 현	익주는 주이며, 그 아래 행정 단위는 군과 현.
545	1575/ 9	주와 군을 진무하게 하고	주와 군→여러 현	강양과 건위는 모두 군이며, 군 아래의 행정 단위는 현.
546	1575/ 11	주와 군을 위로하게 하십시오	주와 군→군관 현	파서는 군이고 덕양은 현이므로 주군으로 나눌 수가 없고, 둘은 동급 행정구역이 아니므로 군현으로 고침.
547	1576/ 22	적을 방비한다는	방비한다는→ 피한다는	『삼국지』「촉서·법정전」
548	1577/ 14	처남 비관費觀에게	처남→사위	『삼국지』「촉서·양희전楊戱傳」에 첨부된 「계한보신찬季漢輔臣讚」
549	1578/ 4	농서의 주와 군들	농상隴上의 군현들	'농서'는 량주에 속한 군이고, '농상'은 량주 전체를 가리킴. 『삼국지』「촉서·마초전」에 근거하여 고침.
550	1578/ 6	자사 위강韋康이	자사→량주 자사	대상이 불분명하여 '량주'를 보충함.
551	1579/ 8	무이장군撫彝將軍 강서姜叙를	撫彝→撫夷	『삼국지』「위서·양부전」 주에 인용된 『열녀전烈女傳』.
552	1579/ 14	군수를 죽였으니	군수→자사	위강은 량주 자사였음.

553	1583/ 6	농서의 각 주	농상의 각 군	549번 참조.
554	1583/ 12	무슨 낯으로 관직을 받겠습니까	관직→작위	관내후란 작위이지 관직이 아니다.
555	1583/ 15	서쪽으로는 익주	서쪽→남쪽	익주는 한중의 남쪽임.
556	1584/ 4	동천과 서천…… 것입니다	서천→익수 동천→한중	329, 532번 참조.
557	1584/ 6	20개 주를	주→현	익주가 하나의 주. 20개 주를 준다는 건 이치에 어긋난다. 익주는 모두 5개 군으로 된 한족 취락 지구인데, 장로가 점거한 한중군을 제외한 4개 군이 유장의 관할로 그 아래에 모두 45개 현이 있었다. 493번 참조.
65회 558	1585/ 12	20개 주를	주→현	557번 참조.
559	1589/ 7	위교渭橋의 여섯 번 싸움에서	동관대전潼關大戰에 서	'위교의 여섯 번 싸움'이란 줄거리에 부합되지 않으므로 제58회를 근거로 고침.
560	1590/ 16	서량의 마대	서량→량주	48번 참조.
561	1590/ 23	창을 꼬나들고	칼을 휘두르며	마대의 전용 무기는 칼. 제58회 내용 참고.
562	1603/ 10	익주로 돌아가서	익주→성도	유비와 유장의 전쟁은 본래 익주 경내에서 벌어짐. 여기 익주는 주도인 성도.
563	1606/ 8	촉을 얻었으니	촉군→촉	촉군은 익주에 속한 한 군. 여기서는 익주 전체를 말하므로 촉이라 해야 한다.
564	1607/ 5	엄안은 전장군	전장군→ 비장군裨將軍	전장군은 당시 유비의 관직인 좌장군과 같은 제3품이므로 엄안이 전장군이 되는 건 이

				치에 맞지 않다. 황충의 관직과 품계를 보면 알 수 있다.
565	167/7	방의龐義는 영중사마營中司馬	방희龐羲는 좌장군사마司馬	방의龐義는 방희龐羲의 잘못. 글자가 비슷하여 생긴 오류. 유비가 촉을 평정한 당시 그가 내릴 수 있는 가장 높은 관직이 좌장군으로, 『삼국지』「촉서·유이목전劉二牧傳」에 따르면 방희는 좌장군사마.
566	1607/7	유파는 좌장군	좌장군→좌장군서조연西曹掾	『삼국지』「촉서·유파전」. 564번 참조.
567	1607/7	황권은 우장군	우장군→편장군	『삼국지』「촉서·황권전」.
568	1607/9	여의呂義	여예呂乂	글자가 비슷하여 생긴 오류.
569	1607/14	조운은 진원장군鎭遠將軍이	진원장군→익군장군翊軍將軍	『삼국지』「촉서·조운전」.
570	1607/15	황충은 정서장군	정서장군→토로장군討虜將軍	『삼국지』「촉서·황충전」. 토로장군은 제5품임.
571	1607/15	위연은 양무장군	양무장군→아문장군牙門將軍	『삼국지』「촉서·위연전」.
572	1608/18	지극해진 뒤에는 잔학해지고	잔학해지고→천해지고	『삼국지』「촉서·제갈량전」.
573	1608/4	41개 주에	45개 현에	493번 참고.
574	1610/5	서천으로 들어와	서천→촉	494번 참고.
575	1611/16	한상漢上의 여러 군	한상→강한江漢	'한상'은 한수 유역을 가리키며 형주의 강남 4군을 포함하지는 못함. 형주 전체를 포괄하려면 '강한'이라 해야 한다.
66회 576	1618/6	내가 동천東川과 한중의 여러 군을	동천과 한중의 여러 군→량주涼州	소설 속의 '동천'은 실제로는 한중. 『삼국지』「오서·오주전」에 근거하여 고침.

577	1624/4	뒤뜰에 도부수	뒤뜰→정자 뒤	임강정에 연회석을 베풀기로 한 앞의 내용에 맞추어 고침.
578	1627/12	뜰 가운데 서서	뜰→정자	577번 참조.
579	1630/22	위개衛凱	위기衛覬	『삼국지』「위서·위기전」. '개凱'와 '기覬'의 글자가 비슷하여 생긴 오류.
580	1630/24	중서령中書令 순유	중서령→상서령尚書令	『삼국지』「위서·순유전」.
581	1631/1	관직이 위공에	관직→작위	위공은 작위, 관직은 승상.
582	1634/22	어림장군御臨將軍 치려郗慮를	어림장군→어사대부御史大夫	『후한서』「복황후전」.
67회 583	1641/18	한녕에 계시면서	한녕→남정南鄭	한녕은 한중. 여기선 군의 치소인 남정을 가리킴.
584	1653/15	진남장군鎮南將軍으로 봉했다	진남장군→진남장군에 낭중후閬中侯	『삼국지』「위서·장로전」.
585	1653/16	조조는 각 군에	조조는 한중을 서성군西城郡과 상용군上庸郡으로 나누고 각 군에	『삼국지』「위서·무제기」에 근거하여 보충.
586	1654/4	동천東川을 얻자	동천→한중	532번 참조.
587	1655/20	말릉에 이른 이적	말릉→건업	제61회에서 손권은 건업으로 치소를 옮겼다.
588	1656/3	본래는 형주의 남군과 영릉도	형주의 남군과 영릉→남군·영릉·무릉도	『삼국지』「촉서·선주전」.
589	1656/6	군후께서는 군사를 일으켜	군후→장군	당시 손권의 관직은 거기장군으로, 오후에 봉해지기 전. 335번 참조.
590	1658/1	화주和州를 빼앗고	화주→역양歷陽	당시 지명은 역양. 화주는 남북조시대에 생긴 지명. 제15회 내용 참고.

591	1658/ 2	환성 태수 주광은	환성→여강	앞에서 '여강 태수 주광'이라고 했다. 환성은 여강군에 속한 현.
592	1660/ 12	조조가 설제薛悌를 시켜	설제를 시켜→사람을 시켜 설제에게	원문은 뜻이 모호하여 『삼국지』 「위서·장료전」에 근거하여 고침.
593	1660/ 15	장료는 즉시 상자	장료→설제	592번에 따라 고침.
594	1663/ 1	오후가 또한	오후→손권	589번 참조.
595	1664/ 14	농우를 평정하자	농우→한중	조조가 평정한 곳은 한중이며, 당시 농우는 이미 조조의 관할이었다.
68회 596	1670/ 20	창을 들고…… 창끝이	창→칼	악진의 전용 무기는 칼. 제53회 내용 참고.
597	1676/ 10	피부를 칼로……몸에 가득했다.	(원문) 盤根遍體→ 瘢痕遍體	표현이 모호하여 엽봉춘본葉逢春本『삼국지전三國志傳』(이하 '엽봉춘본'으로 줄임)을 근거로 고침.
598	1680/ 8	중대부中大夫 가후	중대부→ 태중대부太中大夫	『삼국지』 「위서·가후전」.
599	1681/ 10	온주溫州로 가서	온주→영녕永寧	당시의 지명은 '영녕'. '온주'는 당대唐代 이후에 생긴 이름.
600	1683/ 6	서천 가릉嘉陵의 아미산蛾嵋山	서천 가릉→ 익주益州	'서천'은 '익주'라고 해야 함. 329번 참조 또 '가릉'은 '가주嘉州'의 오류인데 가주는 북주北周 시대의 지명이므로 삭제.
69회 601	1701/ 3	주골主骨이 없고	주골→생골生骨	『삼국지』 「위서·관로전」.
602	1704/ 4	재상을 지낸 김일제金日磾의	재상을 지낸→ 공신	『한서漢書』 「김일제전」. 김일제는 재상을 지낸 적이 없음.
603	1704/ 18	덕위德偉께서	덕위德偉→덕의德疑	『삼국지』 「위서·무제기」의 주에 인용된 「삼보결록주三輔決錄注」.

604	1706/14	태의太醫 길평	태의령太醫令 길본吉本	248번 참조.
605	1711/17	후侯의 작위를 6등等으로……18급級으로	작위爵位를 6등等으로 정했는데, 종전의 열후와 관내후關內侯 외에 명호후名號侯(18급), 관중후關中侯(17급), 관내외후關內外侯(16급), 오대부五大夫(15급)를 신설했다.	원문에는 탈락 부분이 있어 뜻이 통하지 않는다.『삼국지』「위서·무제기」주에 인용된 왕침王沈의『위서魏書』에 근거하여 보충함.
606	1711/19	또 16급의 관내외후關內外侯를	관외후關外侯를 16급으로	① 앞 문장에서 '또'라는 말이 나왔으므로 여기서는 삭제. ②『통지通志』「직관職官 六」에 근거하면 '내內'자는 연문衍文(쓸데없는 말)이므로 삭제.
607	1711/20	은도장에 거북	은도장→구리도장	『삼국지』「위서·무제기」주에 인용된 왕침王沈의『위서』.
70회 608	1715/4	천탕산을 빼앗다	천탕산→미창산	610번 참조.
609	1716/12	탕거산宕渠山까지 당도했다	탕거산→탕거	탕거는 산이 아닌 현 이름.
610	1729/11	천탕산天蕩山이 있는데	천탕산→미창산	미창산은 정군산의 동남쪽, 천탕산은 정군산의 동북쪽이므로 가맹관에서부터 북상하는 길은 미창산→정군산→천탕산이 되어야 함. 제70회와 제71회에 나오는 천탕산과 미창산은 각각 바꾸어 써야 실제 지리와 맞다.
611 | 616	1732/5	천탕산은……인접한 미창산米倉山 역시……미창산은 내 숙부 하후연 장군	천탕산→미창산 인접한 미창산→천탕산 미창산→천탕산	610번 참조. 두 산은 제법 멀므로 '인접하다'는 표현은 어울리지 않는다.
71회 617	1738/15	허창으로 가서 조조에게	허창으로 가서→사람을 허도로 보내	조홍은 군사를 통솔하는 대장인데 직접 허도로 가서 보고

				한다는 건 이치에 어긋난다. '여상두본'에 근거하여 고침.
618	1741/ 12	옛날 화제和帝 때	화제→순제順帝	『후한서』「열녀전」.
619	1741/ 19	상우 현령 도상度尙	상우 현령→ 원가 원년에 이르러 상우 현장縣長	『후한서』「열녀전」에 따르면 도상이 조정에 상주한 것은 조우가 죽고 8년 뒤의 일이다. 1만 호 이상의 지역을 다스리는 행정 장관은 '현장'.
620	1741/ 24	첩의 아비 채옹이	'채옹이' 삭제	아무리 존귀한 사람 앞이라해도 자식이 아버지 이름을 직접 말하는 것은 이치에 맞지 않다.
621	1749/ 22	정군산 서쪽에	서쪽→남쪽	69회에서 '정군의 남쪽에서 다리 하나가 부러진다'고 한 관로의 예언이 실현된 것임.
622	1754/ 1	미창산의 식량과	미창산→천탕산	610번 참조.
623	1754/ 6	황충에게 정서대장 군征西大將軍의	정서대장군→ 정서장군征西將軍	『삼국지』「촉서·황충전」.
624	1754/ 10	미창산에 있는	미창산→천탕산	622번에 따라 고침.
625	1754/ 20	조조는 하후연에	조조→장합	앞뒤 내용에 따라 고침.
626	1761/ 19	미창산 산길로	미창산→천탕산	610번 참조.
627	1762/ 24	한수漢水를 얻을	한수→한천漢川	『삼국지』「촉서·선주전」. 한천은 한중.
628	1763/ 8	벼슬은 아문장군牙門 將軍이었다	아문장군→교위	『삼국지』「촉서·왕평전」.
72회 629	1767/ 3	왕평을 편장군偏將軍 으로	편장군→ 아문장군牙門將軍	『삼국지』「촉서·왕평전」.

630	1771/ 3	남정의 포주襄州	포중襄中	남정은 장비와 위연이 이미 탈취했으므로 여기선 삭제하고, 『후한서』「군국지郡國志」에 근거하여 '포주'는 '포중'으로 고침.
631	1772/ 22	포주로 가는 길로	포주→포중	630번 참조.
632	1782/ 11	나이는 34세였다	34세→45세	『후한서』「양진전楊震傳」주에 인용된 『속한서續漢書』.
73회 633	1785/ 4	운장은 양양군을	양양군→양양성	본 회의 내용에 맞추어 고침.
634	1786/ 12	양천兩川 (동천과 서천)	양주兩州 (형주와 익주)	'양주兩州'는 형주와 익주를 가리키며, 한중과 평원도 익주에 속하므로 별도로 병렬할 필요 없음.
635	1788/ 2	형양荊襄과 양천	형주와 익주	'형양'은 형주를 말하며, '양천'은 실제로는 익주를 가리킴. 634번 참조.
636	1789/ 5	위연을 한중漢中 태수로 삼았으며	위연은 한중 지역 군사들을 총감독하는 진원장군鎭遠將軍에 한중 태수를 겸하게 했으며	『삼국지』「촉서·위연전」.
637	1789/ 15	환란의 근본을 조성한	(원문) 僞爲亂階→ 造爲亂階	『삼국지』「촉서·선주전」. '위僞'자는 뜻이 통하지 않음.
638	1789/ 16	다행히도……호응하여	(원문) 賴陛下聖德 威臨, 人臣同應→ 賴陛下聖德威靈, 人神同應	『삼국지』「촉서·선주전」.
639	1791/ 21	업군에 있던 조조	업군→장안	『삼국지』「위서·무제기」.
640	1793/ 15	운장의 동정을	운장→관우	동오의 중신 회의에서 적장의 자를 부르는 것은 어색하다.
641	1793/ 24	형주에 사자로	형주→강릉	이어지는 내용으로 보아 강릉 이라고 해야 한다.

642	1795/ 19	동천을 방어하게	동천→한중	532번 참조.
643	1797/ 15	무슨 작위를	삭위→관직	'오호대장'은 작위가 아니라 관직.
644	1798/ 18	부사인傅士仁과 미방을	부사인→사인士仁	『삼국지』「촉서·관우전」, 『삼국지』「오서·오주전」, 『삼국지』「오서·여몽전」.
645	1798/ 19	형주성 밖에	형주성→강릉성	411번 참조.
646	1799/ 17	남군을 지키게	남군→강릉	『삼국지』「촉서·관우전」. 미방은 남군 태수로 그 치소인 강릉을 지켰음.
647	1800/ 21	형양 아홉 군의	형양 아홉 군→ 형주	당시 형주는 세 나라가 분할하여, 조조가 남양군, 손권이 강하·장사·계양군을 차지하고 관우는 남군과 무릉군· 영릉군을 통치함. 『삼국지』「촉서·관우전」.
648	1803/ 21	군전도독 양료관軍前都督糧料官 조루趙累를	군전도독 양료관→ 도독都督 조루趙累	『삼국지』「오서·오주전」.
74회 649	1807/ 14	정서도선봉征西都先鋒으로 임명	정서도선봉→정남선봉征南先鋒	『가정본』. 번성은 조조가 있는 장안에서 보면 남쪽이고, 앞에서 우금을 정남장군이라 했으니 방덕도 정남선봉이 되어야 함. 역사서에는 방덕은 입의장군立義將軍, 우금은 좌장군으로 되어 있음.
650	1808/ 5	위에 항복한 사람	위→위왕	당시는 조위가 건립되기 전으로 조조는 명목상 한의 신하였다.
651	1808/ 7	친족 형 방유龐柔	친족 형→종형	『삼국지』「위서·방덕전」 주에 인용된 『위략』.
652	1811/ 12	수하의 장수 5백 명	'장수' 삭제	5백 명은 방덕의 친위대이지만 모두 장수는 아님.

653	1822/ 24	배 위의 장수가	배→뗏목	앞에서 주창은 큰 뗏목을 몰고 왔다고 했다.
75회 654	1828/ 16	패국沛國 초군誰郡	초군→초현誰縣	『삼국지』「위서·화타전」.
655	1832/ 16	우리 위군은 예기	위군→군사	한 헌제가 제위에 있고 조위가 건립되기 전이므로 '위군'이라고 말하는 건 옳지 않다.
656	1833/ 18	양릉파陽陵坡에 이르러 군사를	양릉파→ 양릉파陽陵陂	『삼국지』「위서·서황전」. '파坡'와 '피陂'의 글자가 비슷하여 생긴 오류.
657	1834/ 13	멀리 하북河北에	하북→허도	『삼국지』「오서·여몽전」의 기록에 따르면 여몽은 노숙이 하던 일을 대신하고 있었고 조조 또한 업鄴 즉 하북에 있었으나 소설 내용은 한참 지난 뒤의 일이고, 이때 조조가 허도에 있다는 사실 또한 분명히 밝히고 있다.
658	1838/ 11	육손을 편장군 우도독右都督으로	우도독→ 우부독右部督	『삼국지』「오서·육손전」
659	1838/ 13	저는 나이 어리고 배운 것이 없어	'나이 어리고' 삭제	당시 육손의 나이는 37세로 손권보다 한 살 적었는데 어리다는 건 어색하다.
660	1840/ 2	자가 숙명叔明으로 ……둘째 아들	숙명→숙랑叔朗 둘째→셋째	『삼국지』「오서·종실전」.
661	1840/ 24	심양강潯陽江으로 나아가게 했다	심양강潯陽江→ 심양尋陽	'심양'은 지금의 호북성 황매黃梅 서남쪽, 심양강은 당대唐代의 지명으로 지금의 강서성 구강시九江市 북쪽. 『삼국지』「오서·여몽전」에 근거하여 고침.
662	1841/ 12	형주를 차지하기	형주→공안公安	『삼국지』「오서·오주전」 및 『삼국지』「오서·여몽전」에 의하면 여몽이 형주를 습격하여 탈취한 과정은, 관우가 강

				변에 설치한 방위부대 기습→ 공안 탈취→강릉 탈취(강릉은 형주의 주도이자 남군의 치 소)로 이어졌는데 소설에서는 봉화대 야습→형주 습격→공 안 탈취→남군 탈취의 순으로 착오를 일으켰다.
663	1843/ 24	자기를 미워하던	('자기'의 원문) 폼→己	문맥에 맞추어 글자를 고침.
664	1844/ 5	형주로 와서 항복했 다	형주로 와서→ 성을 나와	여기 형주는 주도인 강릉을 말하는데, 강릉은 아직 미방 이 지키고 있는 상황. 오군은 공안을 먼저 빼앗고 다음에 강릉을 빼앗았다. 662번 참조
665	1844/ 15	곧장 남군으로	남군→강릉	공안 역시 남군의 일부인데 '남군으로 간다'는 건 맞지 않 다. 미방이 주둔하며 지키던 곳은 군의 치소인 강릉. 646, 662번 참조.
76회 666	1845/ 6	미방은 형주를 잃었 다는	형주→공안	앞 내용에 맞추어 고침. 646, 662번 참조.
667	1845/ 19	관공이 떠나던 날	관공→관우	부사인은 관우에게 불만이 많 으므로 이름을 부르는 게 상 황에 어울린다.
668	1846/ 13	동오의 손에 들어갔 는데	동오에 가로 막혀 있 는데	동오는 관우가 지키던 형주의 일부를 빼앗았으나 주도인 강 릉은 아직 손에 넣지 못했음.
669	1847/ 19	남쪽의 양릉파로	양릉파→마피摩陂	『삼국지』「위서·무제기」.
670	1853/ 15	형주는……들어갔 습니다	형주는 이미 여몽에 게 습격당했습니다	여기서 형주는 관우가 관할하 던 지역 전체를 부르는 추상 적 호칭. 당시 관우의 가족은 강릉에 있었음. 671번 참조.
671	1853/ 23	미방을……항복했 습니다	미방을……항복했 습니다. 가족들도 적	관우의 가족은 강릉에 있었기 때문에 미방이 동오에 항복했

			의 수중에 들어갔습니다.	을 때 비로소 동오의 수중으로 들어간 것임.
672	1859/14	서천에서 대군이	서천→촉	익주의 옛 이름은 '촉蜀'.
673	1860/5	유봉을 부장군副將軍으로	부장군→부군장군 副軍將軍	당시 '부장군'이란 벼슬은 없었음. 『삼국지』「촉서·유봉전」에 의하여 고침.
674	1860/21	형주 아홉 군마저 모두	아홉 군→몇 개 군	적벽대전 이후 조조·유비·손권이 형주를 3등분하여 차지함. 여기 형주는 관우가 관할하던 몇 군을 말함. 647번 참조.
675	1862/21	한상漢上의 아홉 군	몇 개 군	'한상의 아홉 군'은 오류. 450, 647번 참조.
676	1863/4	나는 해량解良 땅의	해량→해현解縣	8번 참조.
77회 677	1869/6	행군이 결석決石에	결석→협석夾石	『삼국지』「오서·반장전」.
678	1872/17	형문주荊門州 당양현當陽縣에	형문주→형주荊州	'형문주'는 원대元代에 설치한 행정구역. 동한 삼국시기의 당양현은 형주 남군에 속함.
679	1874/16	형양 땅을 모조리	형양→형주	당시 당양, 남양 등의 군은 조조의 관할 구역이었음.
680	1877/2	이미 양천兩川의	양천→익주	'양천'은 당대唐代에 처음 생긴 말, 그 지역은 동한 삼국시기에는 익주에 속함.
681	1878/24	힘을 다해 남쪽 정벌에	남쪽→동쪽	동오는 익주의 동쪽.
682	1880/1	남쪽으로 돌아가셨으니	남쪽→동쪽	681번 참조.
78회 683	1891/15	병자에게 마폐탕麻肺湯을 먹여	마폐탕→마비산麻沸散	『삼국지』「위서·방기전方技傳·화타전」.
684	1893/21	길평吉平과 다를 것	길평→길본吉本	248번 참조.

685	1897/18	표기장군驃騎將軍 남창후南昌侯로 봉하고 형주 목을 겸하게 했다	표기장군驃騎將軍에 형주 목을 겸하게 하고 남창후南昌侯로 봉했다	『삼국지』「오서·오주전」. 관직을 앞에, 작위를 뒤에 표시함.
686	1901/23	창덕부彰德府 강무성講武城 밖에	창덕부 강무성→업성鄴城	'창덕부 강무성'은 금金대 이후의 지명. 동한 삼국시기에는 업성.
687	1903/19	소회후蕭懷侯 조웅에게 부음을	소회후→소후蕭侯	'소蕭'는 소현이며 조웅의 봉읍. '회懷'는 죽은 사람에게 붙이는 시호. 조웅은 아직 살아 있으므로 '회'자를 삭제.
688	1904/11	병부상서 진교陳矯	병부상서→상서	당시에는 '병부상서'란 관직이 없었다.『삼국지』「위서·진교전」에 근거하여 고침.
79회 689	1908/23	업군의 고릉高陵에	업군→업성	'업鄴'은 현 이름으로 기주冀州 위군魏郡의 치소. 조조는 위공魏公이나 위왕魏王이었을 때 언제나 업을 도읍으로 삼았다.
690	1909/24	소회로 갔던……소회후 조웅은	소회→소현蕭縣 소회후→소후	687번 참조.
691	1910/3	소회왕으로 추증했다	소회왕→소회공	『삼국지』「위서·조웅전」. 조비는 황제가 된 후 조웅에게 소회공이란 시호를 내리고, 위 명제 3년(229년) '소회왕'으로 추증함.
692	1916/10	군수로 승진시켜	승진시켜→삼아	유봉의 지위는 군수보다 높았고 맹달은 이미 군수이므로 '승진시킨다'는 표현은 맞지 않다.
693	1917/22	상용과 방릉房陵의 도위인 신탐申耽, 신의申儀	상용 태수 신탐과 서성西城 태수 신의	『삼국지』「촉서·유봉전」.
694	1922/22	방릉을 바라고	방릉→서성	방릉은 양양과 상용의 중간, 당시 유봉의 상황으로는 상용으로 방향을 꺾어 방릉으로

				돌아갈 수는 없음. 상용의 서쪽에 있고 신의가 태수로 있는 서성으로 가야 다음 내용과 자연스럽게 연결됨.
80회 695	1932/ 10	고묘사高廟使 장음張音을	고묘사→어사대부御史大夫 대리 겸 태상太常	당시는 '고묘사'란 관직이 없었다. 『삼국지』「위서·문제기文帝紀」주에 인용된 「허제기」에 근거하여 고침.
696	1934/ 24	만국萬國을 받고	만국→이 만국	『삼국지』「위서·문제기」.
697	1938/ 6	광록대부光祿大夫 초주譙周에게	광록대부→권학종사勸學從事	『삼국지』「촉서·선주전」.
698	1941/ 9	별가別駕 조조趙祚, 치중治中 양홍楊洪, 의조議曹 두경杜瓊, 종사從事 장상張爽, 태상경太常卿 뇌공賴恭, 광록경光祿卿 황권黃權, 좨주祭酒 하종何宗, 학사學士 윤묵尹默, 사업司業 초주譙周, 대사마大司馬 은순殷純, 편장군偏將軍 장예張裔, 소부少府 왕모王謀	태상太常 뇌공賴恭, 광록훈光祿勳 황주黃柱, 소부 왕모王謀, 편장군 장예張裔와 황권黃權, 대사마속大司馬屬 은순殷純, 익주별가益州別駕 조조趙祚, 치중治中 양홍楊洪, 종사좨주從事祭酒 하종何宗, 의조종사議曹從事 두경杜瓊, 권학종사 장상張爽과 윤묵尹默과 초주	『삼국지』「촉서·선주전」. 전체적으로 관직 배열의 착오가 있음. 그 외에 광록경光祿卿 황권黃權은 광록훈光祿勳 황주黃柱로 인명 착오, 대사마는 대사마속大司馬屬으로 관직 착오, 학사學士나 사업司業 등은 동한 삼국 시기의 관직이 아님.
699	1941/ 13	소문박사昭文博士 이적	소문박사→소문장군昭文將軍	『삼국지』「촉서·이적전」.
700	1941/ 13	종사랑從事郎 진복秦宓	종사랑→종사좨주從事祭酒	『삼국지』「촉서·진복전」.
701	1942/ 21	간의랑諫議郎 맹광孟光에게	간의랑→의랑議郎	『삼국지』「촉서·선주전」.
702	1942/ 1	건안 26년 4월 병오丙午 초하루에서	'초하루' 삭제	『이십사삭윤표』를 근거로 추산하면 이날은 초하루가 아니고 초엿새였음.

70

703	1942/1	열이틀 지난 정사丁巳일에	삭제	『삼국지』「촉서·선주전」.
81회 704	1945/9	군사를 위하渭河 상류에	위하→황하와 위하	『삼국지』「촉서·조운전」주에 인용된 『조운별전趙雲別傳』.
705	1946/13	서향후西鄕侯로 봉하여 낭중 목閬中牧까지 겸하게 했다	서향후에 봉했다	목은 주의 장관인데, 낭중은 현임. 『삼국지』「촉서·장비전」에 의하여 고침.
706	1946/20	남쪽을 노려보며	남쪽→동쪽	동오는 익주의 동쪽. 681번 참조.
707	1949/20	낭주閬州에서 출발하라	낭주→낭중	'낭주'는 당대의 지명, 당시는 '낭중'이었음.
708	1950/5	학사 진복秦宓이	학사→종사좨주	『삼국지』「촉서·진복전」. 당시는 '학사'라는 관직이 없었음. 700번 참조.
709	1951/24	부동傅彤과 장익은	부동→부융傅肜	글자가 비슷하여 생긴 오류. 『삼국지』「촉서·양희전楊戲傳」에 첨부된 『계한보신찬季漢輔臣讚』에 근거하여 고침.
710	1952/1	요순廖淳은 후군이 되었다	요순→요화	『삼국지』「촉서·요화전」. 요화의 본명이 '순淳'이다.
711	1952/3	장무 원년 7월 병인일丙寅日로	병인일→병자일	『이십사삭윤표』에 근거하여 추산하면 장무 원년 7월에는 병인일이 없었음. '이탁오평본'에 의하여 고침.
712	1952/7	범강范疆과 장달張達이	范疆→范彊	『삼국지』「촉서·장비전」. 글자가 비슷하여 생긴 오류.
713	1954/12	장합 속여 중원을 안정시켰네	안정시켰네→떨게 했네	'중원을 안정시키다'는 말은 옳지 않다. '가정본'을 참고하여 고침.
714	1956/1	아우 장소張紹에게	아우→둘째 아들	『삼국지』「촉서·장비전」.
715	1958/20	이의李意라는 은자	이의→이의기李意其	『삼국지』「촉서·선주전」주에 인용된 『신선전(神仙傳)』.

716	1964/ 1	오나라로 쳐들어 갔다	오나라→동오	손권이 황제가 되기 전이므로 '오나라'라고 하는 것은 옳지 않다.
82회 717	1965/ 8	이미 천구川口를 지 나갔다	천구→무협巫峽	『삼국지』「오서·육손전」. '천구'는 후대의 지명.
718	1970/ 4	허도에 이른 조자	허도→허창	조비는 황제가 된 후 낙양에 도읍하고, 허현을 허창으로 고침.
719	1970/ 23	삼강三江을 점거하 여 천하를	삼강→삼주三州	『삼국지』「오서·오주전」. 3주는 양주·형주·교주交州.
720	1972/ 6	대부 유엽劉曄이	대부→시중	『삼국지』「위서·유엽전」.
721	1973/ 15	구주九州의 패자		원문에는 '伯之位'라 했는데, '之位'는 뜻이 통하지 않아 삭 제함.
722	1975/ 16	손환이 맏이였다	맏이→셋째	『삼국지』「오서·종실전」주 에 인용된 위소의 『오서』.
723	1975/ 18	무위도위武衛都尉라 는 관직을	무위도위→안동중 랑장安東中郎將	『삼국지』「오서·종실전」.
724	1976/ 4	호위장군虎威將軍 주 연朱然이	호위장군→소무장 군昭武將軍	『삼국지』「오서·주연전」.
725	1976/ 9	손환은 2만 5천 명의 군사를 이끌고	주연은 2만 5천 명의 수군을 이끌고, 손환 은 2만 5천 명의 기 병을 이끌고	'가정본'에 근거하여 교정· 보충함.
83회 726	1985/ 6	무위후장군武威後將 軍 황충은	무위후장군→후장 군後將軍	『삼국지』「촉서·황충전」.
727	1992/ 1	부지구富池口에 이르 러 큰 나무	부지구→협구峽口	'부지구'는 지금의 호북성 양 신현陽新縣 동쪽으로 이릉에서 근 1천 리나 떨어짐. 실제 지 리에 근거하여 고침.
728	2002/ 23	육손은 나이도 어리고	'나이도 어리고' 삭제	당시 육손은 39세로 어리다고 할 수는 없음.

729	2003/ 14	관직은 진서장군鎭西將軍이었다	진서장군→우호군右護軍 겸 진서장군	『삼국지』「오서·육손전」.
730	2003/ 21	신은 나이 어리고	'나이 어리고' 삭제	728번 참조.
731	2004/ 20	대도독大都督 우호군右護軍 진서장군鎭西將軍	대도독大都督	우호군 진서장군은 육손이 이미 역임한 관직. 729번 참조.
732	2004/ 22	6군 81개 주와 형초荊楚의 군마를	동오의 모든 군마를	'6군 81개 주'는 오류. 377번 참조. '형초의 모든 군마' 또한 후세에 나온 말.
733	2005/ 22	안동장군安東將軍 손환	안동장군→안동중랑장	『삼국지』「오서·종실전」.
734	2006/ 20	나는 손장군이 강남을	손장군→파로장군破虜將軍	'손장군'은 대상이 불분명함. '가정본'과 '이탁오평본'을 근거로 고침. 파로장군은 손견.
735	2008/ 3	나이는 어려도 재주가 많고	나이는 어려도→총명하고	『삼국지』「오서·육손전」. 728번 참조.
84회 736	2015/ 24	군사들은⋯⋯꺾였을 것이오	(원문) 兵疲意阻→兵疲意沮	『삼국지』「오서·육손전」. '저沮(기세가 꺾이다)'와 '조阻(험하다)'의 글자가 비슷하여 생긴 오류.
737	2021/ 5	이미 어복포魚腹浦	魚腹浦→魚復浦	『후한서』「군국지郡國志」.
738	2030/ 4	촉의 좨주祭酒 정기	좨주→익주종사益州從事	『삼국지』「촉서·양희전」에 첨부된 『계한보신찬』.
739	2031/ 18	촉장과 천군川軍도	'천군도' 삭제	'천군'은 후대에 생긴 말.
85회 740	2041/ 23	강과 호수를 사이에 두고 있습니다	강과 호수에 배를 띄우고 있습니다	『삼국지』「위서·가후전」.
741	2042/ 8	상서 유엽이	상서→시중	『삼국지』「위서·유엽전」.
742	2043/ 8	겨우 27세였지만	27세→46세	『삼국지』「오서·주환전」.

743	2055/4	요동 선비국鮮卑國	'요동' 삭제	가비능이 있었던 곳은 요동이 아니다.
744	2055/6	요서의 강병羌兵 10만을	'요서의 강병' 삭제	'요서'와 '요동'은 모순되고, '강'과 '선비'도 같은 민족이 아니다.
745	2055/12	양천의 협구峽口로 나아가	협구를 통하여 촉으로 들어가	협구는 지금의 호북성 의창 동쪽 손권의 관할구역과 지금의 사천성 낙산 동쪽의 두 군데. 여기 협구는 전자.
746	2056/23	번왕 가비능이 강병 10만을	번왕→선비왕 강병→군사	'번蕃'은 서쪽 변경 청해·감숙·사천 지역의 여러 민족을 지칭, 선비족은 북방 민족.
747	2059/16	강왕 가비능과	강왕→선비왕	746번 참조.
748	2060/5	서번西蕃의 국왕 가비능이	서번의 국왕→선비왕	746번 참조.
749	2060/7	마초는 대대로 서천에	서천→서주西州	마초는 조부 마숙기馬肅起 시절부터 량주에 살았는데 당시는 량주를 서주라고 부름. '주州'와 '천川'의 글자가 비슷하여 발생한 오류일 수도 있음.
750	2062/15	호부 상서戶部尙書를 맡고	호부 상서→상서	『삼국지』「촉서·등지전」. 당시 '호부상서'라는 관직은 없었다.
751	2062/16	한나라에서 사마司馬를 지낸	사마→사도司徒	『후한서』「등우전」에 의하면 등우는 사도를 지낸 적은 있으나 사마였던 적은 없음. 『삼국지』「촉서·등지전」 참고
86회 752	2065/6	보국장군輔國將軍 강릉후江陵侯에 봉하고 형주 목을 겸하게 했다	보국장군 겸 형주 목에 작위도 강릉후로 높여 봉했다	『삼국지』「오서·육손전」. 육손은 이미 누후樓侯라는 작위가 있었으므로 높여서 봉한 것으로 고침.
753	2072/4	강남 81개 주를 장악하고 더욱이 형초荊楚 땅까지 가졌지만	81개 주→3개 주 '더욱이……가졌지만' 삭제	『삼국지』「오서·오조전」. 원문은 지리 착오. 719, 732번 참조.

754	2074/ 10	익주 학사益州學士로 있지요	익주에서 가장 해박한 인재의 한 사람이지요	'학사'라는 관직은 없었음. 『삼국지』「촉서·진복전」에 따르면 진복은 당시 장수교위長水校尉. '익주 학사'라는 제갈량의 말은 '익주에서 가장 해박한 인재의 한 사람'이란 뜻.
755	2080/ 21	건업과 남서의	남서→경성京城	'남서'는 남조 송대의 지명.
756	2081/ 9	나이는 어리지만 항상 의기가	나이는 어리지만→ 나이도 차고	『삼국지』「오서·종실전」에 근거하여 추산하면 당시 손소는 37세 정도. 어리다는 표현은 어색하다.
87회 757	2090/ 2	건녕建寧 태수 옹개	건녕→익주군	『삼국지』「촉서·후주전」. 건녕은 제갈량이 남방을 평정한 뒤에 고친 이름, 이 당시는 익주군.
758	2090/ 7	죽기로써 성을 지키고 있는데	성→불위성不韋城	영창은 군 이름이고 성 이름이 아님. 여기서 말하는 곳은 군의 치소인 불위不韋(지금의 운남성 보산保山 동북).
759	2091/ 11	간의대부諫議大夫로 있었다	간의대부→ 둔기교위屯騎校尉	『삼국지』「촉서·왕련전」.
760	2092/ 4	천병川兵 50만 대군	천병 50만→ 촉병蜀兵 15만	'50만 대군'은 지나친 과장. 역사상 촉군의 총병력은 20만이 되지 못했고, 소설 중 제갈량의 북벌 줄거리에도 최고 병력이 34만으로 되어 있음. '종덕당본鍾德堂本'과 '쌍봉당본雙峰堂本'에 근거하여 교정.
761	2092/ 5	익주를 향하여	익주→익주군	익주군은 익주에 속한 군으로 둘은 구별되어야 한다.
762	2104/ 24	동쪽 길로……조운도……서쪽 길로 해서 아회남의	동쪽→서쪽 서쪽→동쪽	만병이 남쪽에 있으므로 왼쪽 길의 동도나가 서쪽, 오른쪽 길의 아회남이 동쪽이 됨.
763	2105/ 7	왕평의 군마가	왕평→마충	앞에서 제갈량이 왕평은 왼쪽, 마충은 오른쪽으로 가라

75

				고 했으니 왕평은 아회남, 마충은 동도나를 대적하게 됨.
764	2105/ 10	마충도 어느새	마충→왕평	763번 참조.
89회 765	2135/ 7	이름을 서이하西洱河라 했다	서이하→ 엽유수葉楡水	'서이하'는 후대의 지명. 이 시기에는 '엽유수'라 부름.
766	2143/ 3	험한 산골 동		원문은 '산골 그늘진 곳'이란 뜻의 '산음山陰'인데 뜻이 불분명하여 '가정본'에 근거하여 고침.
91회 767	2192/ 12	딸을 귀비로 맞아들였다	귀비→귀빈貴嬪	『삼국지』「위서 · 후비전」. '귀비'란 남조 송대부터 시작된 호칭.
768	2195/ 15	서량西涼 등지를 지키겠다고	서량→옹주雍州와 량주涼州	'서량'은 후대에 나온 지명. 앞뒤 내용에 맞추어 고침.
769	2195/ 16	병마를 지휘하는 제독提督에 임명했다	제독→도독都督	당시는 '도독'이라 함.
770	2196/ 21	진사왕陳思王 자건	진사왕→ 준의왕浚儀王	『삼국지』「위서 · 진왕전陳王傳」. 조식은 당시 준의왕이었고, 태화 6년(232년) 진왕陳王에 봉해짐. '사思'는 시호이므로 산 사람에게 붙이는 건 옳지 않다.
771	2199/ 22	조휴에게……총지휘하게 한 다음	삭제	이어지는 제갈량의 북벌 줄거리에 조휴는 나오지 않고 역사상으로도 조휴는 대사마로서 양주揚州 도독을 맡았다.
772	2204/ 15	만약 한나라를……말이 없다면	(원문) 若無興復之言→若無興德之言	『삼국지』「촉서 · 제갈량전」.
773	2205/ 24	두경杜瓊을 간의대부로, 두미杜微와 양홍楊洪을 상서로	두경과 두미를 간의대부로, 양홍을 촉군 태수로	『삼국지』「촉서 · 두미전」, 『삼국지』「촉서 · 양홍전」.
774	2205/ 24	맹광孟光과 내민來敏을 좨주祭酒로	맹광은 둔기교위屯騎校尉로, 내민은 호	『삼국지』「촉서 · 맹광전」, 『삼국지』「촉서 · 내민전」.

분중랑장虎賁中郎將
으로

775	2206/5	전독부前督部로는	전독부→독전부督前部	『삼국지』「촉서·위연전」.
776	2206/10	겸 한중 태수漢中太守 인 여의呂義를	여의→여예呂乂	『삼국지』「촉서·여예전」. '의義'와 '예乂'가 비슷하여 생긴 오류.
777	2206/15	거기대장군 도향후 都鄉侯 유염劉琰을	거기대장군→거기장군	『삼국지』「촉서·유염전」.
778	2206/18	좌장군에는 고양후 高陽侯 오의吳懿를	고양후→고양향후高陽鄉侯	『삼국지』「촉서·양희전」에 첨부된『계한보신찬』.
779	2206/19	우장군에는 현도 후玄都侯 고상高翔을	현도후→현향후玄鄉侯	『삼국지』「촉서·이엄전」주에 인용된 제갈량이 올리는 글.
780	2206/19	후장군에는 안락 후安樂侯 오반吳班을	안락후→안락정후安樂亭侯	『삼국지』「촉서·이엄전」주에 인용된 제갈량이 올리는 글.
781	2206/21	전장군에는 정남장 군征南將軍 유파劉巴를	전장군→전감군前監軍	『삼국지』「촉서·이엄전」주에 인용된 제갈량이 올리는 글..
782	2206/22	한성정후漢城亭侯 허윤許允을	漢城→漢成	『삼국지』「촉서·이엄전」주에 인용된 제갈량이 올리는 글.
783	2206/24	후호군으로는 전군 중랑장典軍中郎將 관 옹官醒을	후호군→ 중전군中典軍 전군중랑장→ 토로장군討虜將軍 관옹→상관옹上官醒	『삼국지』「촉서·이엄전」주에 인용된 제갈량이 올리는 글.
784	2207/1	간의장군諫議將軍 염안閻晏	간의장군→ 건의장군建義將軍	『삼국지』「촉서·이엄전」주에 인용된 제갈량이 올리는 글.
785	2207/3	수융도위綏戎都尉 성발盛教	盛教→盛勃	『삼국지』「촉서·이엄전」주에 인용된 제갈량이 올리는 글.
786	2207/11	건흥 5년 춘삼월 병 인일丙寅日	'병인일' 삭제	『이십사삭윤표』에 근거하여 추산하면 건흥 5년 3월에는 병인일이 없었음.
787	2209/18	자가 자휴子休였다	자휴→자림子林	『삼국지』「위서·하후돈전」 주에 인용된『위략魏略』.

92회 788	2211/ 4	세 성을 차지하다	성→군	천수, 안정, 남안은 모두 군이고 성은 아님.
789	2212/ 1	하후무는 틀림없이 성을 버리고 횡문橫門의 식량 저장고인 저각邸閣을 향히여 달아날 것입니다. 그 때 저는 동쪽으로부터 쳐들어가고 승상께서는 대군을 몰아 야곡斜谷으로 해서 진격하시면	하후무는 틀림없이 성을 버리고 달아날 것입니다. 횡문橫門 저각邸閣에 있는 식량이면 군용으로 쓰기에 충분힐 것입니다. 동쪽 각지에 분산된 위군이 모이려면 아직 20일 정도는 걸릴 터이니, 승상께서 대군을 몰아 야곡으로 해서 진격하시더라도 충분히 도착하실 것입니다.	횡문은 장안의 서북쪽 문이고 저각은 식량 창고인데, 장안에 있던 하후무가 저각을 향해 달아난다는 것은 말이 되지 않는다. '저는 동쪽으로부터 쳐들어가고'라는 말의 뜻도 모호하다. 『삼국지』「위서·하후돈전」주에 인용된 『위략魏略』에 근거하여 고침.
790	2215/ 19	나이 일흔에도 뛰어난	일흔→예순	유비·관우·장비 등과 비교하면 조운은 당시 60세 전후로 추산됨.
791	2221/ 9	달아나 성으로 들어간 하후무는	성→원도성豲道城	남안은 군이고 성 이름이 아님. 여기서는 치소인 원도(지금의 감숙성 농서 동남쪽)를 말함.
792	2221/ 14	우군은 석성石城에 주둔시킨	석성→석마石馬	『삼국지』「촉서·후주전」. 석마는 백마새白馬塞.
793	2222/ 7	서쪽으로는 천수군天水郡과	서쪽→동쪽	원문은 방위 착오.
794	2222/ 16	남안성 밖에	남안성→원도성	791번 참조 당시 남안현이 있긴 했으나 익주 건위군犍爲郡에 속하고 현의 치소는 지금의 사천성 낙산樂山.
795	2222/ 20	안정 태수 최량은 성 안에 있었는데	성→임경성臨涇城	안정은 군이고 성 이름이 아님. 여기선 군의 치소인 임경(지금의 감숙성 진원鎭原 남쪽)을 말함.

796	2231/ 12	후에 중랑장이	중랑장→중랑中郎	중랑은 중랑장보다 품질品秩 (품계와 봉급)이 훨씬 낮다.
93회 797	2233/ 7	군郡 뒤편에	군→기성冀城	천수는 군이고 성 이름이 아님. 여기선 군의 치소인 기성 (지금의 감숙성 감곡甘谷 동쪽)을 가리킴.
798	2234/ 10	천수 군성郡城 아래	천수 군성→기성	797번 참조.
799	2236/ 3	곧 성벽 부근에	성벽→기성	797번 참조.
800	2237/ 3	기현冀縣에 살고	기현→ 신양현新陽縣	기현은 천수군의 치소인데 작가는 다른 곳에 있는 현으로 잘못 알고 일련의 착오를 일으킴. 역사상 강유 모친은 기현에 거주함. 강유는 태수의 의심을 받고 외지에 있다가 제갈량에게 투항함.
801	2237/ 14	사람이 천수군으로 들어가	천수군→기성	797번 참조.
802	2237/ 15	본 군을 지키고 ……기성을 치러	본 군→본 성 기성→신양	797, 800번 참조.
803	2237/ 24	기성에 이르자	기성→신양성	800번에 따라 고침.
804	2238/ 21	기현의 백성들	기현→신양현	803번에 따라 고침.
805	2239/ 1	천수성을 지키고	천수성→기성	797번 참조.
806	2241/ 5	공명은……기성을 공격하러	기성→신양성	804번에 맞추어 고침.
807	2241/ 18	천수성으로 달려 갔다	천수성→ 천수의 기성	797번 참조.
808	2243/ 1	천수와 상규를	천수→기성	797번 참조.

809	2245/13	세 성을 얻은	성→군	『삼국지』「촉서·제갈량전」. 세 군은 남안·안정·천수.
810	2245/18	태화太和 원년(227년)이었다	원년(227년)→2년(228년)	『삼국지』「위서·명제기」.
811	2246/21	사정후射亭侯 겸 옹주 자사雍州刺史	사정후→사양정후射陽亭侯	『삼국지』「위서·곽회전」.
812	2248/14	수레의 호위를 담당한 하급 장교	(원문) 護軍小校→護車小校	'호군소교'는 합당하지 않다. 가정본에 의하면 '군軍'과 '거車'의 자체가 비슷하여 생긴 오류임을 알 수 있다.
813	2249/9	여포는 서군徐郡을	서군→서주徐州	서주는 '군'이 아님.
94회 814	2263/18	거느리고 영채로 들어가더니	영채로 들어가더니→영채를 나오더니	앞에서 제갈량이 '영채 안에서 거문고를 타고 있다'고 했으므로 여기서는 '영채를 나왔다'고 해야 함.
815	2270/3	상용上庸과 금성金城을 비롯한	금성→서성西城	금성은 조위의 량주, 상용과 서성은 조위의 형주에 속하며 거리도 멀다. 『삼국지』「촉서·유봉전」에 근거하여 고침. 조위에서는 서성군을 위흥魏興군으로 고침.
816	2270/12	금성, 신성, 상용	금성→서성	815번 참조.
817	2273/7	맹달이 어찌 대응할 수 있겠는가		원문에는 '맹달'이란 말이 없으나 뜻을 분명히 하기 위해 보충함.
818	2273/17	자가 자상子尙	子尙→子上	『진서』「문제기」.
819	2274/8	금성 태수 신의申儀	금성→서성	815번 참조.
820	2275/3	참군 양기梁畿에게	梁畿→梁幾	'기畿'와 '기幾'의 글자가 비슷하여 생긴 오류.

821	2279/ 24	우장군 장합이	우장군→좌장군	『삼국지』「위서·장합전」.
95회 822	2283/ 21	산의 서쪽 길	사방의 산길	'사四'와 '서西'의 글자가 비슷하여 생긴 오류. '가정본'과 '이탁오평본'에 의하여 고침.
823	2286/ 8	가정의 오른쪽에	오른쪽→뒤쪽	이어지는 내용에 맞게 고침.
824	2297/ 10	야곡의 촉군을	야곡→기산	제갈량은 이때 기산에 있었음. 원문은 방위 착오. 야곡은 기산 동쪽 수백 리 지점.
825	2297/ 16	곧바로 야곡을 취한 다음 서성西城으로 나아갈	'곧바로……다음' 삭제 서성→서현西縣	① 야곡은 서현 동쪽 수백 리 지점으로 야곡을 취한다는 건 이치에 맞지 않다. ② 서현은 옹주 천수군에, 서성현은 형주 서성군에 속함. 여기 서성은 '서현'.
826	2297/ 21	야곡을 향해	야곡→서현	825번에 따라 고침.
827	2298/ 21	무공산武功山의 샛 길로	무공산→ 무성산武城山	실제 지리에 근거하여 고침. 무공산은 미현郿縣 동쪽에 있고, 서현에서 엄청나게 멀다.
828	2299/ 2	검각劍閣을 수리하여	검각→각도閣道	검각은 한중의 서남쪽, 한중으로 철수하는 촉군이 검각을 통과할 리 없음. 각도는 잔도.
829	2299/ 10	서성현으로 물러가며	서성현→서현	825의 ②번 참조.
830	2299/ 20	서성현으로 몰려오고	서성현→서현	829번에 맞추어 고침.
831	2303/ 5	사마의가 무공산 샛길	무공산→무성산	827번에 맞추어 고침.
832	2307/ 21	다시 서성으로	서성→서현	825의 ②번 참조.
96회 833	2309/ 6	상서尚書 손자孫資	상서→중서령中書令	『삼국지』「위서·유방전劉放傳」에 첨부된 「손자전」.

834	2310/ 8	손상서의 말씀이	상서→영令	833번에 맞추어 고침. '영令'은 중서령에 대한 호칭.
835	2317/ 12	네 현을 빼앗았다	네 현→세 군	'네 현'은 지시 내용이 불분명함. 앞의 내용에 맞추어 고침. 3군은 남안·안정·천수.
836	2319/ 19	양주사마揚州司馬 대도독大都督 조휴	양주사마 대도독→대사마人司馬 양주도독揚州都督	관직 명칭의 착오. 『심국지』「위서·소휴전」에 근거하여 고침.
837	2320/ 15	양성陽城을 거쳐	양성→서양西陽	양성은 지금의 하남성 등봉 동남쪽으로 동관에서 매우 멀고 방향도 맞지 않다. 『삼국지』「위서·가규전」에 근거하여 고침.
838	2320/ 18	무창의 동관에서	무창의 동관→무창	무창은 지금의 호북성 악주鄂州, 동관은 지금의 안휘성 함산含山에 있어 매우 멀므로 한 곳으로 표현할 수 없음. 『삼국지』「오서·오주전」에 근거하여 고침.
839	2321/ 4	보국대장군輔國大將軍 평북도원수平北都元帥	대도독	『삼국지』「오서·육손전」.
840	2321/ 11	분위장군奮威將軍 주환朱桓과	분위장군→분무장군奮武將軍	『삼국지』「오서·주환전」.
841	2321/ 14	강남 81주와 형호荊湖의 군사 70여만	동오의 무리 70여만	'강남 81주'는 오류. 377번 참조 동오 멸망 당시 총 4주 43군 313현이었음. '형호'는 송대의 행정구역.
842	2321/ 20	왼편은 협석夾石이고 오른편은	왼편→하나 오른편→하나	동오군과 위군이 있는 곳에서 볼 때 협석과 괘차는 좌우로 구분하기 어려운 위치.
97회 843	2331/ 20	진남장군鎭南將軍 조운의 맏아들	진남장군→진군장군	『삼국지』「촉서·조운전」.
844	2334/ 24	손권이 편안히 앉아서 세력을 키우게	손권→손책	『삼국지』「촉서·제갈량전」 주에 인용된 『한진춘추漢晉春秋』.

845	2339/ 5	태백령太白嶺의 험로를 통하여 기산으로 나가는 편이 편할 것 같습니다	기산으로 달려가는 게 낫겠습니다	태백령은 진창의 동남쪽, 기산은 진창의 서쪽. 진창을 버리고 기산으로 갈 경우 태백령을 통과할 필요는 없음.
846	2339/ 8	진창 북쪽은	북쪽→서북쪽	실제 지리에 따라 고침.
847	2339/ 22	같은 농서 사람	농서→태원太原	『삼국지』「위서·명제기」주에 인용된 『위략』. 이 내용은 소설 96회에도 나옴.
848	2346/ 12	야곡을 나가 기산을 바라고	'야곡을 나가' 삭제	야곡은 진창 동쪽, 기산은 진창 서쪽이므로 이 말은 모순. 이어지는 내용에 맞게 고침.
849	2346/ 15	낙양에 도착하자마자 곽회와 손례를	낙양→미성郿城	낙양은 거리가 멀 뿐 아니라 조진이 이미 조예에게 '낙양으로 간다'며 작별을 고했기 때문에 모순됨. 『삼국지』「위서·조진전」을 참고.
850	2346/ 18	대장 비요費耀에게	費耀→費曜	『삼국지』「위서·명제기」, 『삼국지』「위서·조진전」.
851	2348/ 24	야곡을 향해	야곡→기산	848번 참조.
852	2349/ 4	야곡 길로 촉군이	야곡 길→산 입구	851번에 맞추어 고침.
98회 853	2357/ 15	상장군의 벼슬을 받았는데	상장으로 기용되었는데	여기 '상장군'은 관직 명칭이 아님. 『삼국지』「위서·손례전」에 의하면 손례의 당시 벼슬은 상서.
854	2360/ 23	금고수金鼓手		원문은 '금고수金鼓守'인데 가정본·엽봉춘본·이탁오평본에 따라 고침.
855	2364/ 18	4월 병인일丙寅日로	병인일→병신일	『삼국지』「오서·오주전」. 그 달에는 병인일이 없었음.
856	2366/ 7	육손을 상장군	상장군→ 상대장군上大將軍	『삼국지』「오서·육손전」.

857	2367/5	태위 진진陳震에게	태위→위위衛尉	『삼국지』「촉서·제갈량전」 주에 인용된 『한진춘추』 및 『진진전』.
858	2367/16	형주와 양양 각처	양양→양주揚州	당시 형주는 위와 오가 나누어 차지했고, 양양은 위의 영토였으므로 형주와 양양을 병렬할 수 없음. 오의 영토는 형주와 양주.
859	2370/18	진창과 야곡으로	'야곡' 삭제	야곡은 진창의 동남쪽, 건위는 진창의 서남쪽이므로 진창을 통하여 건위를 공격할 경우 야곡을 거칠 필요는 없음.
860	2371/5	성들만 얻는다면	성들→지역	음평과 무도는 모두 군, 성이란 표현은 어울리지 않는다.
99회 861	2393/6	한중을 손에 넣으려고 곧장 검각으로 달려갔다	곧장 한중을 공격하러 갔다	검각은 한중 서남쪽 약 3백 리 지점. 위군이 한중을 공격하면서 검각을 거칠 필요 없음.
862	2395/20	황문시랑黃門侍郎 왕숙王肅이	황문시랑→ 산기상시	『삼국지』「위서·왕랑전」에 첨부된 「왕숙전」.
863	2397/19	대군을 적파赤坡에 모이라고	적파→적판赤阪	『삼국지』「촉서·후주전」. 글자가 비슷하여 생긴 오류.
100회 864	2400/7	뒤로는 야곡을 의지하니	삭제	야곡은 기산 동쪽 수 백리 되는 곳에 있는데 작자는 두 지역이 인접한 것으로 오해하여 일련의 연속적인 방위 착오를 일으킴.
865	2400/11	진식에게는 기곡으로 나가고	기곡→낙곡駱谷	기곡은 한중군의 경내에 있음. 원문은 앞뒤 내용이 모순되므로 실제 지리에 맞추어 고침.
866 | 867	2401/17	기산 서쪽의 야곡……기산 동쪽의 기곡 어귀에	'기산 서쪽'·'기산 동쪽' 삭제 기곡→낙곡	864, 865번 참조.
868	2405/5	기산의 왼쪽으로 가서	기산의 왼쪽→ 골짜기의 왼쪽 입구	조진의 군사가 야곡의 북쪽 어귀에 주둔하고 있으므로 마

				대와 왕평은 야곡 북쪽 입구의 왼편으로 가야 함. 866번 참조.
869	2405/9	기산의 오른쪽으로 가서	기산의→골짜기 입구	868번 참조.
870	2408/15	골짜기 어귀로 들어가는 바람에	골짜기 어귀로 들어가는→낙곡을 나가는	앞의 내용에 맞추어 고침.
871	2416/1	한 떼의 군사가 서남쪽으로부터	서남쪽→서북쪽	위수 변은 북쪽, 기산은 남쪽이므로 위군은 북쪽, 촉군은 남쪽에 있는 셈. 관흥이 위군의 배후로 돌아가려면 서남쪽으로는 갈 수 없음.
872	2416/6	남쪽을 향해서	남쪽→북쪽	사마의가 퇴각하려면 북쪽으로 가야 함. 871번 참조.
873	2416/8	위수 남쪽 기슭	(원문) 渭濱南岸→渭水南岸	원문의 표현은 뜻이 통하지 않으므로 고침.
101회 874	2421/4	검각으로 달려가던 장합은	검각→목문木門	『삼국지』「위서·장합전」. 소설에서도 장합은 목문에서 화살을 맞고 죽음. 검각은 목문 남쪽 수백 리 되는 곳인데 작가는 두 지역이 인접한 것으로 오인하여 오류를 범함.
875	2421/8	거두어 장안으로	장안→낙양	앞뒤 내용에 맞추어 고침.
876	2424/11	진창으로……오고 있습니다	산관으로부터 오고 있습니다	검각은 한중의 서남쪽. 제갈량은 한중에서 출발하므로 검각을 거칠 필요 없음. 산관은 진창 서남쪽, 야곡은 진창 동쪽인데 원문은 방위 착오. 앞의 내용을 감안하여 고침.
877	2425/4	노성 태수는	태수→현령	노성은 현, 그 장관은 영令.
878	2425/8	노성 태수가	태수→현령	877번 참조.

879	2433/ 4	곽회와 약속을 ……가라고 했다	싸움을 도우라는 명령을 내렸다	노성과 검각은 매우 멀며, 뒤의 내용에서 노성에 이른 손례는 싸움을 돕기만 함.
880	2435/ 3	서량의 군사들은	서량→옹주와 량주	앞뒤 내용에 맞추어 고침.
881	2436/ 22	검각의 목문도	'검각의' 삭제	검각은 목문 남쪽 수 백리 지점이므로 같은 곳으로 표현할 수 없다. 874번 참조.
882	2440/ 17	검각을 지나는	검각→양수漢水	검각과 목문은 멀고 양수漢水가 목문 근처. 849번 참조.
883	2442/ 17	참군 장완이	참군→승상부에 남아 업무를 보는 유부 장사留府長史	『삼국지』「촉서·장완전」. 장완은 승상 참군이었다가 건흥 8년(230년) 승상부의 유부 장사로 승진됨.
884	2443/ 3	이풍李豊을 장사長史로 삼았다	이풍을 등용하여 강주江州를 지키게 했다	『삼국지』「촉서·이엄전」. 강주는 오늘날의 중경重慶.
102회 885	2447/ 10	마파摩坡의 우물	마파→마피摩陂	『삼국지』「위서·명제기」. 글자가 비슷하여 생긴 오류.
886	2454/ 22	거소문居巢門으로 들어가	거소문→ 거소호居巢湖 어귀	『삼국지』「위서·명제기」. 거소호는 안휘성 소호.
887	2454/ 24	회양淮陽 등지를	회양→회음淮陰	『자치통감』권72. 회양은 광릉과는 매우 멀다.
103회 888	2475/ 13	제갈근은 패잔병을 인솔하여 면구沔口로 달아났다	삭제	'육손과 제갈근 등에게 군사를 강하江夏와 면구에 주둔시키고 양양을 치게' 한 102회의 내용에 맞추어 삭제.
889	2477/ 2	제갈근은 한바탕 크게 패한데다	제갈근은 면구에 주둔하고 있었는데, 오군이 소호 어귀에서 한바탕 크게 패했다는 소식을 들었다	888번과 연계하여 내용을 보충함.
890	2486/ 1	초막에는	초막 안에는	앞뒤 내용을 감안하여 고침.

104회 891	2501/ 8	급히 상서 이복李福	상서→상서복야	『삼국지』「촉서·양희전」에 첨부된 『계한보신찬』.
892	2510/ 7	행군사마 조직趙直	행군사마→해몽을 잘하는	『삼국지』「촉서·위연전」.
893	2510/ 18	상서 비의와 마주쳤다	상서→승상사마	『삼국지』「촉서·위연전」.
894	2512/ 5	전장군에 정서대장 군이고	전장군→ 전군사前軍師	전장군과 '정서대장군'은 겸 직할 수 없음.
105회 895	2523/ 1	장사 수군장군綏軍 將軍 신 양의는	장사→승상장사	삼공과 상설 장군은 모두 휘 하에 장사를 거느림. 여기선 소속을 밝히는 것이 타당함.
896	2526/ 5	선봉 하평何平에게	하평→왕평王平	『삼국지』「촉서·왕평전」. 왕 평은 외가에서 자라며 그쪽 성을 따서 하씨라 했으나 나 중에는 본성인 왕씨를 썼음.
897	2527/ 7	하평도 창을 꼬나들고	하평→왕평 창을 꼬나들고→칼 을 휘두르며	896번 참조. 왕평의 전용무기는 칼刀임.
898	2534/ 21	파구巴丘 경계에	'경계' 삭제	파구는 오늘날의 호남성 악양 으로 오와 촉의 경계 지점이 아님. 『삼국지』「촉서·종예 전宗預傳」에 근거하여 고침.
899	2534/ 24	동오가 맹세를 저버 리고	맹세를→ 만약 맹세를	898번과 연계하여 '만약' 두 자를 보충.
900	2537/ 6	장완을 승상에다 대장군으로	'승상에다' 삭제	『삼국지』「촉서·장완전」. 장완은 제갈량이 죽은 뒤 상 서령이 되고 뒤이어 대장군이 되었다가 대사마까지 승진했 으나 승상을 맡은 적은 없음.
901	2537/ 8	승상의 업무를 처리 하게	승상의 업무→ 정사政事	900번에 따라 고침.
902	2538/ 11	낙양에도 조양전朝陽 殿과	조양전→소양전昭陽 殿과	『삼국지』「위서·명제기」' 조양朝陽'과 '소양昭陽'의 중국 음이 같아서 생긴 오류.

903	2538/ 22	사도司徒 동심董尋	사도→사도군의연 司徒軍議掾	『삼국지』「위서·명제기」주 에 인용된 『위략』. 사도는 삼공의 하나로 1품. '사도군의연'은 사도의 속관 으로 7품.
904	2540/ 3	자가 언재彦材였다	언재→언림彦林	『삼국지』「위서·명제기」주 에 인용된 『위략』. '임林'과 '재材'의 글자가 비슷 하여 생긴 오류.
905	2541/ 18	소부少傅 양부楊阜	少傅→少府	『삼국지』「위서·양부전」.
106회 906	2545/ 12	양평후로 봉했다	양평후→ 평곽후平郭侯	『삼국지』「위서·공손도전」.
907	2546/ 3	대사마 낙랑공樂浪公 으로 봉했다	대사마에 임명하고 낙랑공으로 봉했다	『삼국지』「위서·공손도전」 에 첨부된 「공손연전」.
908	2546/ 12	참군 윤직倫直이	倫直→綸直	『진서』「선제기宣帝紀」.
909	2547/ 22	요동을 지키면서	요동→요수遼水	『진서』「선제기」. '요동을 지 킨다'는 표현은 막연하다.
910	2551/ 1	우도독 구련仇連이 들어와서	우도독 구련→도독 영사都督令史 장정張靜	『진서』「선제기」.
911	2551/ 11	사마 진군陳群이	진군→진규陳珪	『진서』「선제기」.
912	2552/ 4	진군은 절을 하며	진군→진규	911번에 맞추어 교침.
913	2555/ 20	시중이며 광록대부 인 유방劉放과 손자孫 資에게 추밀원樞密院 의 모든 사무를 맡아	시중이며 광록대부 →중서감 손자→중서령 손자 추밀원의 모든 사 무→기밀 사무	『삼국지』「위서·유방전」. 추밀원은 오대에 처음 설치.
914	2555/ 22	문제의 아들인 연왕 燕王 조우曹宇	문제→무제	『삼국지』「위서·무문세왕공 전武文世王公傳」. 조우는 조조의 부인 환環씨가 낳은 아들.

915	2556/ 23	사마의는 곧장 허창에 이르러	허창→낙양	『삼국지』「위서·명제기」. 이때 조예는 낙양에 있었음.
916	2557/ 7	시중 유방과 손자	시중→중서감 손자→중서령 손자	913번 참조.
107회 917	2568/ 13	수문장 반거潘擧가 대답했다	수문장 반거→장하독帳下督 엄세嚴世	『진서』「선제기」.
918	2575/ 5	대사마의 인수를 갖고 왔으니	대사마→대사농	『삼국지』「위서·조상전」주에 인용된 『위략』. 당시 대사마 직을 맡은 사람이 없었고, 있었다 해도 그 인수를 환범이 관장할 이유가 없음. 환범은 당시 대사농이었으므로 군량이나 말먹이 풀 등을 임의로 이동시킬 수 있었다.
919	2578/ 9	아내는 하후령녀夏侯令女인데	아내는→ 아내는 이름이	『삼국지』「위서·조상전」주에 인용된 『열녀전』. 원문은 '하후령의 딸'로 오해할 수 있음.
920	2582/ 19	두 사람이 있는데 한창 나이라	'한창 나이라' 삭제	등애는 197년생, 53세로 종회보다 28세 위였다. 작자는 등애와 종회를 비슷한 나이로 착각하여 이와 관련한 일련의 착오를 일으켰다.
921	2583/ 15	연리掾吏로 있는 의양義陽 사람 등애	연리→남안南安 태수의양→의양 극양棘陽	『삼국지』「위서·등애전」. 극양은 지금의 하남성 남양南陽시 남쪽.
922	2584/ 16	상서령 비의가	상서령→대장군	『삼국지』「촉서·강유전」. 이때 강유는 위장군衛將軍으로 비의보다 직급이 낮았다.
923	2585/ 23	첩자가 옹주 자사 곽회에게	옹주 자사→ 정서장군	『삼국지』「위서·진태전」과 『삼국지』「촉서·곽회전」. 곽회는 옹주 자사를 역임한 적은 있으나, 이때는 정서장군으로서 옹주와 량주의 군마를 도독하고 있었다.

924	2585/24	부장 진태에게	부장→옹주 자사	『삼국지』「위서·진태전」.
925	2587/21	옹주성은 텅 비었을 것이오	옹주성→임조臨洮성	실제 지리에 근거하여 고침. 원문의 '옹주성'은 옹주의 주도 장안을 말하는데, 장안은 국산 동쪽으로 약 천리 지점에 있고, 우두산은 국산 서남쪽에 있어 방향이 맞지 않다.
926	2587/22	옹주의 뒤를	옹주→임조	925번 참조.
927	2588/8	군사를 이끌고 조수洮水를	조수→백수白水	『삼국지』「위서·진태전」. 조수는 우두산의 북쪽에 있고 촉군의 군량수송로와는 거리도 멀다.
928	2588/12	몰래 조수로 갔다	조수→백수	927번에 따라 고침.
929	2588/18	감히 우리 옹주를	옹주→임조	925번 참조.
930	2589/6	조수를 차지하고	조수→백수	927번 참조.
931	2589/11	조수에 이르렀을	조수→백수	930번에 따라 고침.
932	2589/19	표기장군 사마사였다	표기장군→위장군衛將軍	『진서』「경제기」.
108회 933	2592/19	사마소는 표기상장군驃騎上將軍으로	표기상장군→회북淮北의 군사 일을 도맡는 도독	『진서』「문제기」.
934	2592/23	둘째 아들 손화孫和	둘째→셋째	『삼국지』「오서·오주오자전吳主五子傳」.
935	2593/2	셋째 아들 손량孫亮	셋째→막내	『삼국지』「오서·삼사주전三嗣主傳」. 손량은 손권의 일곱째 아들.
936	2594/18	진남도독鎭南都督 관구검毌丘儉	진남도독→진남장군鎭南將軍	『삼국지』「오서·삼소제기三少帝紀」와 「관구검전」.

937	2595/ 2	요충지는 동흥군東興郡이오	동흥군→동흥	『삼국지』「오서·제갈각전」. 당시는 동흥군이 없었음. 여기 '동흥'은 동흥제東興堤.
938	2595/ 5	1만 명의 군사를	1만→10만	'왕창은 10만 명의 군사를 이끌고 남군을 치고', '관구검 또한 10만 명의 군사를 이끌고'라 한 앞 내용에 따라 고침.
939	2595/ 7	동흥군을 차지하면	동흥군→동흥	937번 참조.
940	2595/ 9	호준을 선봉으로 삼아 세 길의 군사를 모두 거느리고 전진하게 했다.	'세 길의 군사를 모두 거느리고' 삭제	앞에 '사마소를 대도독으로 삼아 세 길의 군마를 총 지휘한다'는 내용이 나왔다. 이에 따라 고친다.
941	2595/ 15	평북장군平北將軍 정봉丁奉이	평북장군→ 관군장군冠軍將軍	『삼국지』「오서·정봉전」.
942	2601/ 16	도독 채림蔡林이	도독→도위都尉	『삼국지』「오서·제갈각전」.
109회 943	2609/ 6	연희延熙 16년 가을	가을→여름	『삼국지』「촉서·강유전」.
944	2609/ 6	장군 강유는	장군→위장군	『삼국지』「오서·강유전」.
945	2610/ 3	곧바로 남안을 치면 됩니다	남안→원도隴道	남안은 군이지 성 이름이 아님. 여기선 군의 치소인 원도를 말한다.
946	2610/ 11	위나라 좌장군 곽회가	좌장군→거기장군	『삼국지』「위서·곽회전」. 곽회는 정서장군이 되기 전에 좌장군을 역임했으나, 이때는 거기장군으로 승진한 뒤임.
947	2613/ 9	사로잡은……말을 타고		원문에는 어휘 배열에 착오가 있었다.
948	2620/ 3	무조武祖께 비하겠나이까?	무조→무황제	조위의 신민은 조조에 대해 태조(묘호)나 무황제(시호)라고 부르는 것이 자연스럽다.

949	2626/ 22	태위 왕숙王肅이	태위→ 하남윤이자 태상인	『삼국지』「위서·왕랑전」에 첨부된 「왕숙전」. 왕숙의 본 관직은 하남윤.
110회 950	2630/ 11	둘째 아이 숙淑은	淑→俶	『삼국지』「위서·관구검전」 주에 인용된 『위씨춘추』.
951	2631/ 5	태위 왕숙을 청해	태위→하남윤이자 태상인	949번 참조.
952	2631/ 9	관공의 군사가	관공→관우	위나라 대신 왕숙이 관우의 자를 부르는 건 어색하다.
953	2633/ 1	진동장군鎭東將軍 제갈탄	진동장군→ 진남장군鎭南將軍	『삼국지』「위서·관구검전」, 『삼국지』「위서·제갈탄전」.
954	2633/ 4	형주 자사이자······ 공격하라고 했다	삭제	'왕기는 명을 받고 남돈을 공격하러 간다'는 뒷 내용과 합치되지 않으므로 삭제.
955	2633/ 6	양양襄陽에 주둔하면서	양양→여양汝陽	『삼국지』「위서·관구검전」. 양양은 항현 서남쪽 수백 리 되는 곳으로 방향이 어긋남.
956	2638/ 18	낙가성 안 싸움터	안→밖	앞 내용에서 전투는 낙가성 밖에서 진행되었음.
957	2639/ 6	눈에 난 혹	눈알	앞의 내용과 가정본 제219회 내용을 참조하여 고침.
958	2642/ 6	정원正元 2년 2월	2월→윤정월	『진서』「경제기景帝紀」.
959	2642/ 15	태위太尉 왕숙王肅	태위→하남윤	『삼국지』「위서·왕랑전」에 첨부된 「왕숙전」.
960	2646/ 9	연주 자사 등애가	연주 자사→ 안서장군 대리	『삼국지』「위서·삼소제기」 와 『삼국지』「위서·등애전」. 등애는 연주 자사를 맡은 적이 있지만 이때는 안서장군 대리였음. 그렇지 않으면 옹주로 올 수가 없다.
961	2648/ 7	촉군은 모두 한중으로 물러갔다	'한중으로' 삭제	'강유는 군사를 거두어 종제로 물러가 주둔했다'는 뒤의 내용이 『삼국지』「촉서·강

92

				유전」의 기록과 일치함. 한중은 종제 동남쪽 천 리쯤 되는 곳으로 원문은 방위 착오.
962	2648/8	강유는 검각까지 물러가서야	검각→안고安故	961번에 맞추어 고침. 검각은 한중 서남쪽. 촉군이 한중으로 물러나서 서북쪽인 종제로 갈 수는 없고 검각으로 물러났다가 다시 종제로 물러난다는 것도 불가능함. 안고는 적도狄道와 종제의 중간.
111회 963	2651/3	나이를 초월한 망년 지교忘年之交	친구 관계	당시 등애는 60세로 진태와 비슷한 나이였으므로 '망년지교'라 하기는 적절치 않다.
964	2651/7	영사令史 번건樊建	영사→상서복야	『삼국지』 「촉서·제갈량전」에 첨부된 「번건전」.
965	2652/8	등애는 비록 젊지만 생각이 깊고	'비록 젊지만' 삭제	920, 963번 참조.
966	2652/13	반드시 농서부터	농서→기산	앞뒤 내용에 맞추어 고침. 이때 강유는 농서 경내인 종제에 있었다.
967	2654/16	지킨 지 2,30년이나 되었지만	2,30년→6,7년	『삼국지』 「위서·진태전」. 진태는 가평嘉平 초에 옹주 자사가 되었으므로 이때까지 7년이 넘지 않는다.
968	2656/10	양쪽 군사들이	양쪽→두 나라	원문은 의미가 모호하므로 분명하게 고침.
969	2656/13	상규는 바로 남안의 …… 남안은 저절로	남안→천수	상규는 천수군에 속하므로 원문 내용은 이치에 어긋난다.
970	2658/19	상부相府에서 처리했으니	상부→자신의 부府	사마소가 아직 상국相國에 임명되기 전의 일이다.
971	2660/8	진동대장군鎮東將軍 제갈탄諸葛誕	진동대장군→정동대장군征東將軍	『삼국지』 「위서·삼소제기」, 『삼국지』 「위서·제갈탄전」.
972	2660/9	낭야군 남양 사람	남양→양도陽都	『삼국지』 「위서·제갈탄전」. 낭야는 서주, 남양은 형주에 속하므로 원문은 착오.

973	2660/ 13	회남과 회북兩淮 일 대의	회남과 회북→ 양주揚州	『삼국지』「위서・제갈탄전」. 원문은 '양회兩淮'인데 당시에 사용되지 않던 말이다.
974	2662/ 5	양주성으로 쳐들 어갔다		① 원문에는 '양주'로 되어 있 는데, 여기서 말하는 것은 수 춘 성 내에 자사가 거처하던 소규모 성이다. ② 제삼탄은 양수 군마를 지 휘하는 도독으로서, 또 악침 은 양주 자사로서 두 사람 다 양주의 주도인 수춘에 있었으 므로 '양주로 쳐들어갔다'는 말은 맞지 않는다.
112회 975	2667/ 7	산기장사散騎長史 배수裵秀	산기장사→ 산기상시散騎常侍	『삼국지』「위서・삼소제기」 와 『진서』「배수전」.
976 | 977	2670/ 11	전단의 아들 전위全 褘를……너희 부자 는 나를	아들→조카 부자→숙질叔姪	『삼국지』「오서・삼사주전」. 전위는 전종全琮의 장자인 전 서全緖로 전단의 조카.
978	2671/ 3	부친 전단과 숙부 전 역 앞으로	숙부 전단과 전역 앞 으로.	976번 참조.
979	2671/ 8	모사 장반蔣班과	모사→부하 장수	『삼국지』「위서・제갈탄전」. 장반과 초이는 모두 제갈탄의 부하 장수였다.
980	2676/ 12	연희 20년을……바 꾼 해였다	연희 20년이었다	『삼국지』「촉서・후주전」. 연호를 경요로 바꾼 것은 연 희 21년의 일.
981	2681/ 17	저자는 필시 등애렷다	저자는 등애 수하에 있는 놈이겠지	당시 등애는 61세였는데, 소 설에서 강유는 등애를 줄곧 20여 세의 청년으로 여기고 있으므로 매우 불합리하다. 920번 참조.
113회 982	2685/ 6	위군의 구원병이		원문에는 '위군'이 없는데 앞 뒤 줄거리를 감안하여 보충.
983 | 984	2690/ 11	호림虎林으로 가서 ……호림에서 이날 밤	호림→회계	『삼국지』「오서・삼사주전」. 손휴는 처음 호림에 있다가 단양丹陽으로 이사했고 나중

				에 다시 회계會稽로 옮김. 그의 봉지 낭야는 위나라에 속하므로 멀리서 거느려야 했다.
985	2691/6	형의 아들인 손호	형→형 손화	『삼국지』「오서·삼사주전」.
986	2691/24	손침은 중서랑 맹종孟宗에게……그에게 주었다	① 중서랑→광록훈光祿勳 ② 맹종이 손휴에게 무창으로 나가 주둔하겠다고 청한다는 내용 첨가.	①『삼국지』「오서·삼사주전」. 맹종은 당시 광록훈. ②『삼국지』「오서·손침전」. 손침이 맹종을 파견한 것이 아니라 맹종이 스스로 무창으로 나가 주둔하겠다고 자원했다. 그래서 손침이 주살 당할 때 맹종은 연루되지 않았다.
987	2696/11	대장군 강유는	강유는 다시 대장군을 제수 받고	제111회에서 강유는 단곡段谷 전투의 패배를 이유로 표문을 올려 스스로 후장군後將軍으로 강등되어 대장군의 업무를 대리하고 있었다.『삼국지』「촉서·강유전」에 의하여 고치고 앞뒤 내용이 통하도록 함.
988	2701/3	형남荊南에서 공부할 때	형남→형주	'형남'은 당대唐代 방진方鎭(한 지방의 병권을 쥐고 관리 하는 것)의 이름. 이때는 형주라고 해야 함.
114회 989	2714/16	시신의 머리를……곡을 하며		『진서·종실전·안평왕부전安平王孚傳』. 원문은 '그 다리를 베고 곡을 하며'인데 매우 어색하여 고침.
990	2715/17	그 아우 성쉬	아우→형	『삼국지』「위서·삼소제기」.
991	2717/13	돈 10만 냥과	10만→천만	『삼국지』「위서·삼소제기」.
992	2718/1	모두 기산 앞에서……기산으로 진군했다	기산 앞에서→장안長安 앞에서 기산으로→부풍扶風과 경조京兆로	야곡은 기산 동쪽 수백 리, 낙곡은 야곡 동쪽 약 백 리, 자오곡은 낙곡에서 다시 동쪽 백여 리 지점. 촉군이 세 길로 동

				시에 나온다 해도 미현(郿縣→무공武功→괴리槐里→장안(모두 조위의 부풍군과 경조군에 속함) 노선으로 갈 수밖에 없으며, 그 전략 목표는 장안.
993	2718/3	세 길로 쳐들어온다는 보고를	쳐들어온다는→쳐나온다는	992번에 맞추어 고침.
994	2719/11	기산으로 옮겨…… 기산의 영채를	기산→미성郿城	강유가 야곡을 나온다면 미성 즉 미현郿縣을 빼앗아야 함. 992번 참조.
995	2719/16	길잡이로 세워 기산을 치겠네	기산→미성	994번에 맞추어 고침.
996	2721/4	진군하여 기산을 공격하게 했다	진군했다	992번 참조.
997	2723/6	군사를 거느리고 서쪽을	서쪽→남쪽	야곡에서 한중으로 쇄도한다면 진군 방향은 남쪽.
115회 998	2729/3	후하侯河라는 조그만 성	후하→후화侯和	『삼국지』「위서·등애전」, 『삼국지』「촉서·강유전」.
999	2733/15	황후를 알현했는데, 황후가	황후→태후	『삼국지』「촉서·유염전」.
1000	2733/18	불러서 앞에 늘여 세우고……병졸들에게 신으로……후려치게 했다	'앞에 늘여 세우고'·'병졸들에게' 삭제 후려치게 했다→후려쳤다	『삼국지』「촉서·유염전」. '오백五百'은 '오백伍伯'으로, 시종을 맡은 하급 관원. 작가가 사서史書의 원문을 오해하여 생긴 오류.
1001	2733/23	형벌을 가하는 곳	신이 닿을 곳	『삼국지』「촉서·유염전」.
1002	2734/6	우장군右將軍 염우閻宇는	우장군→우대장군	『삼국지』「촉서·강유전」.
1003	2738/9	농서 지방에 갈 만한 곳이	농서 지방→음평陰平 북쪽	답중沓中은 당시 익주 음평군 북부로 조위의 농서군과 가까운 지역이었다.
1004	2739/8	험한 관문을 함께 지키게 했다	험한 관문→양안관陽安關	『삼국지』「촉서·강유전」. '험한 관문'이란 표현은 모호

				하여 앞 문장과 어울리지 않는다. 양안관은 '관성關城'이라고도 하는데, 작가나 목판을 새기던 직공이 실수로 '관애關隘'라 했을 가능성도 배제할 수 없다.
1005	2741/14	청주, 서주……배치했다	삭제	내용으로 보아 이런 지역을 나열할 근거가 없으며 이치에 맞지도 않다.
1006	2743/11	등주登州와 내주萊州 등 해안지대로 보내	등주와 내주→청주 동래군의	등주와 내주는 모두 수隋·당唐代의 지명. 당시는 청주 동래군東萊郡에 속했다.
116회 1007	2746/21	그대는 중군을 거느리고……좌군은 낙곡으로……우군은 자오곡으로	중군→우군 좌군→중군 우군→좌군	'세 골짜기'는 서에서 동으로 야곡-낙곡-자오곡 순으로 나란히 뚫려 있으므로 종회가 관중으로부터 남하하면 오른쪽은 야곡, 가운데는 낙곡, 왼쪽은 자오곡이 됨. 원문은 방위 착오.
1008	2747/12	호위護衛 원소爰邵	호위→진로호군殄虜護軍	『삼국지』「위서·등애전」.
1009	2752/16	전군 이보李輔에게	전군→전장군前將軍	『삼국지』「위서·종회전」.
1010	2754/15	서남쪽에서 함성이 진동했다	서남→동북	정군산은 양안간의 동북쪽. 원문은 방위 착오.
1011	2754/17	다시 서남쪽에서	서남→동북	1010번 참조.
1012	2754/23	서남쪽으로	서남→동북	1010번 참조.
1013	2761/20	좌장군 장익과 우장군 요화였다	좌장군→좌거기장군 우장군→우거기장군	『삼국지』「촉서·강유전」, 『삼국지』「촉서·장익전」, 『삼국지』「촉서·요화전」. 앞에도 같은 내용이 나왔음.
117회 1014	2766/14	한중의 덕양정德陽亭으로	한중의→한나라 때의	『삼국지』「위서·등애전」.

97

1015	2772/ 14	동천東川이 함락되었다는 소식	동천→한중	532번 참조.
1016	2775/ 20	부마도위駙馬都尉가 되었고	부마도위→ 기도위騎都尉	『삼국지』「촉서·제갈량전」에 첨부된「제갈첨전」.
1017	2775/ 21	행군호위장군行軍護衛將軍으로 벼슬	행군호위장군→ 도호 대리行都護 위 장군衛將軍	『삼국지』「촉서·제갈량전」에 첨부된「제갈첨전」.
1018	2779/ 12	행군호위장군 제갈 사원諸葛思遠 휘하에	행군호위장군→ 도호 대리行都護 위장 군衛將軍.	『삼국지』「촉서·제갈량전」에 첨부된「제갈첨전」.
118회 1019	2783/ 4	서천으로 들어간	서천→익주	329번 참조.
1020	2786/ 19	사서시중私署侍中 장소張紹	사서시중→시중	원문의 '사서私署'는 '사적으로 임명하다'는 뜻. 위나라에 항복을 청하는 유선이 겸양의 의미로 사용한 용어인 듯하나 합당치 못하다.
1021	2791/ 21	익주 별가益州別駕 장소張紹	장소→여초汝超	『삼국지』「촉서·후주전」주에 인용된『촉기蜀記』. 앞에서는 장소를 시중이라 했다.
1022	2794/ 2	사찬을 익주 자사로 임명하고……주州 와 군郡을 다스리게 했다	익주 자사→익주 를 거느리는 자사 주와 군→군	① 원문에서 관직 임명에 '봉封' 자를 쓴 것은 합당치 않다. ②『삼국지』「위서·등애전」. 익주는 일개 '주'이므로 '각기 주과 군을 다스리게 했다'는 말은 합당치 않다.
1023	2796/ 15	명령을 받들고 서쪽을 정벌하여	서쪽을 정벌하여→ 정벌을 나서	『삼국지』「위서·등애전」. 등애는 옹주 서부를 통해 익주를 공격했으므로 남쪽을 정벌한 셈이 됨.
119회 1024	2801/ 16	등정서鄧征西가 장군을 죽이도록	등정서→ 등태위鄧太尉	등애는 제118회에서 이미 태위가 되었다.
1025	2803/ 11	미앙궁未央宮에서 화를 입었고	미앙궁→ 장락궁長樂宮	『사기』「회음후열전」,『한서』「한신전」.

1026	2810/ 10	나이 59세였다	59세→63세	『삼국지』「촉서·강유전」에 근거하면 강유는 202년에 태어났으니, 이때는 63세.
1027	2814/ 10	진동대장군鎭東大將軍 겸 형주 목으로 삼아	진군장군鎭軍將軍으로 삼아 서릉西陵을 도독하게	『삼국지』「오서·육손전」에 첨부된 「육항전」.
1028	2814/ 11	좌장군 손이孫異에게 는 남서南徐의	영군장군領軍將軍 손이孫異에게는 경성京城의	① 『삼국지』「오서·종실전」에 의하면 손이는 영군장군. ② '남서'는 '경성'이라고 해야 함. 435번 참조.
1029	2814/ 16	서쪽을 바라보며 사흘 동안	서쪽→북쪽	곽익이 있던 남중南中 지역은 성도의 남쪽이므로 북쪽을 향하여 통곡한 것이 됨.
1030	2819/ 17	양무현襄武縣에 하늘에서		원문은 이 앞에 '어느 해에'란 말이 더 있는데, 『삼국지』「위서·삼소제기」에 따르면 이 일은 사마소가 죽은 265년 8월에 일어났다고 되어 있으므로 과거 '어느 해'가 아니라 '금년'이 되어야 하나 여기선 생략함.
1031	2819/ 17	키는 2장丈이 넘고	2장→3장	『삼국지』「위서·삼소제기」.
1032	2820/ 5	사마 순의	사마→사공	『삼국지』「위서·삼소제기」와 「진서·순의전」. 앞에서도 사공 순의라고 했음.
1033	2822/ 6	위의 무조황제武祖皇帝께서	무조황제→태조 무황제	948번 참조.
1034	2824/ 12	12월 갑자甲子일	갑자일→병인일	『진서』「무제기」.
120회 1035	2829/ 16	서로 도우면서	(원문) 相挾→相扶	『삼국지』「오서·육개전」.
1036	2831/ 9	진동장군鎭東將軍 육항陸抗에게	진동장군→진군대장군鎭軍大將軍	『삼국지』「오서·육손전」에 첨부된 「육항전」.

1037	2835/ 23	좌장군 손기孫冀에게 육항을	좌장군 손기→영군 장군 손이孫異	1028번 참조. '손기'는 '이異'와 '기冀'의 글자가 비슷하여 생긴 오류.
1038	2839/ 8	우장군 두예杜預가	우장군→ 탁지상서度支尙書	『진서』「두예전」.
1039	2841/ 21	비서승秘書丞 장화張華와	비서승→중서령	『진서』「두예전」.
1040	2842/ 23	두예를 대도독으로 삼고	두예에게 명하여	『진서』「무제기」. 두예는 대도독이 아니고 여섯 길로 나뉜 대군의 한 부대를 이끄는 대장 중 한 명에 불과했다.
1041	2843/ 1	안동대장군安東大將軍 왕혼王渾은	안동대장군→ 안동장군	『진서』「무제기」와 「왕혼전」.
1042	2843/ 7	관군장군冠軍將軍 양제楊濟에게는 양양으로 나가 주둔하면서	가충을 대도독으로 삼고 관군장군 대리 양제에게 그를 보조하여 양양으로 나가 주둔하면서	『진서』「무제기」.
1043	2843/ 14	좌장군 심영沈瑩	좌장군→ 단양丹陽 태수	『삼국지』「오서·삼사주전」.
1044	2843/ 14	우장군 제갈정諸葛靚과 더불어	우장군→ 부군사副軍師	『삼국지』「오서·삼사주전」 주에서 인용한 『진기晉記』.
1045	2847/ 10	겨울이 되기를 기다려		원문은 '봄이 되기를'인데 이치에 맞지 않으므로 『진서』「두예전」에 근거하여 고침.
1046	2848/ 1	커다란 뗏목 수십 개를 만들게 했다	만들게 했다→ 만들었는데 둘레가 1백 보도 넘을 정도로 엄청났다	원문의 의미가 합리적이지 못하여 『진서』「왕준전」을 근거로 고침.
1047	2851/ 16	전장군 장상張象에게는	전장군→유격장군	『진서』「왕준전」.
1048	2853/ 9	52만 3천 호		'호'의 원문은 '호구'인데, '호戶'는 가정, '구口'는 인구를 지칭하는 말로 개념이 다르므로

				『삼국지』「오서·삼사주전」 주에 인용된『진양추晉陽秋』에 근거하여 고침.
1049	2854/ 21	중랑中郎으로 임명 했으며	중랑→낭중	『삼국지』「오서·삼사주전」.
1050	2858/ 1	장연과 장로는 남정 지역을	장연→장수張修	『삼국지』「위서·장로전」. 장 연은 당시 하북河北에 있었음
1051	2860/ 4	아홉 차례 중원	아홉→여덟	소설에서 강유는 제8차 북벌 에서 철수한 후 답중畓中에 둔 전하며 더 이상 북벌에 나서 지 못했다.

어떻게 『삼국지』를 읽을 것인가 讀『三國志』法

모종강

삼국지를 읽는 사람이라면 정통 정권과 비정통 정권, 그리고 비합법적 정권의 구별이 있음을 알아야 한다. 정통 정권이란 어느 나라를 말하는가? 바로 촉한蜀漢이다. 비합법적 정권이란 어느 나라를 말하는가? 바로 오吳와 위魏이다. 비정통 정권이란 어느 나라를 말하는가? 바로 진晉이다. 위나라가 정통이 되지 못하는 것은 무엇 때문인가? 땅으로 따지면 중원을 누가 차지하느냐를 기준으로 말해야 하고 이치로 따지면 유劉씨를 기준으로 말해야 할 것이다. 땅을 기준으로 따지는 것은 이치를 기준으로 따지는 것만 못하다.

그러므로 위나라에 정통성을 부여한 사마광司馬光의 『통감通鑑』*은 잘못이고, 촉나라에 정통성을 부여한 자양紫陽의 『강목綱目』*은 올바른 것이다. 『강목』에서는 헌제獻帝 건안建安 말년(221년)에 '후한 소열황제 장무 원년 後漢昭烈皇帝章武元年'이라고 크게 쓰고, 오吳와 위魏의 일은 그 아래에 나누어 주로 달고 있다. 아마도 촉나라는 한나라 황실의 후예이므로 당연히 정통성을 부여해야 한다고 생각하고, 위나라는 나라를 찬탈한 역적이므로 정통성을 박탈하는 것이 당연하다고 생각했기 때문일 것이다. 그래서 앞에서는 '유비가 서주徐州에서 군사를 일으켜 조조를 토벌하다'라고 쓰고, 뒤에서는 '한 승상 제갈량이 군사를 출동시켜 위를 정벌하다'라고 써서 그 대의大義를 천고에 환히 밝히고 있는 것이다. 무릇 유씨가 아직 망하지 않았고 위나라가 천하의 혼란을 하나로 통일하지도 못했기 때문에 위나라는 애초부터 정통이 될 수가 없었던 것이다.

그런데 유씨가 망하고 진晉나라가 천하의 혼란을 하나로 통일한 뒤에도 진나라 역시 정통이 될 수 없었던 것은 무엇 때문인가? 진나라는 신하로서 임금을 시해했으니 위나라와 다를 바 없고, 후세 한 대를 전하고는 더 이상 국운이 자라지 못했다. 그래서 진나라는 단지 '비정통 정권'이라고 할 수 있을 뿐 정통 정권이라 부를 수는 없는 것이다. 동진東晉(317~420)에 이르러 천하의 한 모퉁이에서 안정을 누렸다고는 하지만, 그것은 말을 소로 바꾼 격*이어서 더욱이나 그들을 정통으로 귀속시킬 수는 없는 것이다. 그러므로 삼국이 진晉나라에 병합된 것은 육국六國(전국 시대의 제齊·초楚·연燕·한韓·위魏·조趙 여섯 나라)의 혼란이 진秦나라로 통일된 것이나 오대五代(동진東晉이 망하고 당이 통일하기 전 송宋·제齊·양梁·진陳·수隋가 각축하던 시대)의 혼란이 수隋나라로 통일된 것과 같을 뿐이다. 진秦나라는 한漢나라에게 쫓겨났을 뿐이며, 수나라는 당唐나라에게 쫓겨난 것에 지나지 않는다.

전자의 정통성은 한나라를 위주로 하고 있기 때문에 진秦·위魏·진晉은 정통성을 얻을 수가 없다. 마찬가지로 후자의 정통성은 당唐·송宋을 위주로 하고 있기 때문에 남조南朝의 송宋·제齊·양梁·진陳과 수隋, 그리고 후오대後五代의 후량後梁·후당後唐·후진後晉·후한後漢·후주後周 등은 모두 정통성을 얻을 수가 없는 것이다. 또 위魏·진晉만이 한漢나라 같은 정통성을 가지지 못했을 뿐만 아니라 당·송 역시 한나라 만한 정통성을 가질 수가 없다. 수나라의 양제煬帝가 무도하여 당이 이를 대신하였지만, 이는 이미 애석하게도 옛날 주周나라가 상商나라를 대신한 것처럼 그렇게 뚜렷하게 드러나지는 못했다. 그리고 당

■ 통감
중국 북송 때 사마광(1019~J068)이 중심이 되어 편찬한『자치통감自治通鑑』을 말한다. 편년체 역사서로 삼국의 역사적 사건은 위나라 기년紀年을 중심으로 하고 있다.

■ 자양의 강목
중국 남송의 주희朱熹(1130~1200)가 지은『통감강목通鑑綱目』을 말한다. 주희의 부친 주송朱松이 자양산에서 독서한 데서 연유하여 자양은 주희를 가리키게 되었고, 주희 스스로 자신의 서재를 '자양서원'이라 불렀다.

■ 말을 소로 바꾼 격
동진의 원제元帝 사마예司馬睿는 하급 관리였던 우牛씨의 사생아로 알려져 있다.

103

공당公唐이라 칭하고 구석九錫을 더하여 위魏·진晉 등의 더러운 전철을 밟았기 때문에 천하를 얻었던 당나라의 정통성은 한나라만 못한 것이다.

송나라의 경우는 충직하고 온후함으로 나라를 세웠고, 또 유명한 신하와 대학자들이 많이 배출되었기 때문에 옛 사람들의 언행이나 인격을 논하는 사람들은 송나라에 정통성을 부여했다. 그러나 송나라 말에는 연燕·운雲의 16개 주*를 그 영토에 넣지 못하여 그 규모가 낭나라에도 미치지 못한데다가 진교陳橋에서 병변兵變*을 일으켜 황포黃袍를 몸에 두르게 되었고, 천하를 아비 없는 자식과 과부의 손에서 빼앗았으므로 천하의 정통성을 얻음이 역시 한나라만 못한 것이다. 이렇게 당·송 또한 그 자격이 한나라만 못하거늘, 어찌 위·진을 논한단 말인가.

고조 황제는 포악한 진秦나라를 제거하고 의제義帝를 죽인 초楚나라를 격퇴시킴으로써 한나라를 일으켰고, 광무제光武帝는 왕망王莽을 주살하여 옛 문물을 되살려 놓았고, 소열황제昭烈皇帝는 조조를 토벌하여 한나라의 종묘사직을 서천西川에서 존속시켰다. 조상이 왕조를 창건한 것이 바르고 자손이 그것을 계승한 것도 바르다면, 광무제가 혼란에 빠진 한나라를 통일한 것은 정통으로 삼으면서 소열황제가 천하의 일부분만을 통치했다고 해서 어찌 정통이 아니라 할 수 있겠는가? 소열황제가 정통이라면 같은 유씨의 자손인 유유劉裕(남조南朝 송宋의 창건자. 재위 42년~422년)와 유지원劉智遠(오대 시기 후한의 창건자. 재위 947~948년)이 정통성을 얻지 못하는 것은 무엇 때문인가? 그것은 이렇게 대답할 수 있다. 유유와 유지원이 한 왕실의 후예라는 것은 계보가 멀어서 그 증거를 찾을 수 없으므로 소열황제가 중산정왕中山靖王의 후손으로 계보가 가까워서 고증할 수 있는 것과는 경우가 다르고, 또 저 두 유씨는 황제를 시해하여 왕위를 찬탈하고 나라를 얻었기 때문에 소열제와 그 정통성을 나란히 할 수는 없는 것이다.

후당의 이존욱李存勖(후당의 창건자. 재위 923~926년)이 정통성을 얻을 수 없는 것은 무엇 때문인가? 이존욱은 본래 이씨가 아니라 이씨 성을 하사 받은 것이니, 여씨呂氏였던 진秦나라 황제(진시황은 여불위呂不韋의 사생아라고 함)나 우씨牛氏였던 진晉나라 황제(동진의 원제 사마예는 하급 관리였던 우씨의 사생아라고 함)와 크게 다를 것이 없으므로 또한 소열황제와 정통성을 나란히 할 수가 없는 것이다. 남당南唐의 이변李昪(남당의 창건자. 재위 937~943년) 역시 당나라를 계승하는 정통성을 얻지 못하는 것은 무엇 때문인가? 세대가 너무 멀어 유유나 유지원과 비슷한 처지이므로 또한 소열황제와 그 정통성을 나란히 할 수가 없는 것이다.

남당의 이변은 당나라를 계승하고도 그 정통성을 얻지 못했는데, 유독 남송의 고종高宗(재위 1127~1162년)만은 송나라를 계승하여 그 정통성을 얻은 것은 무엇 때문인가? 고종은 태조의 후손으로 후사가 되어 송 왕조의 대를 끊지 않았기 때문에 정통성이 그에게 돌아간 것이다. 고종은 악비岳飛(남송의 유명한 장수. 1103~1141년)를 죽이고 진회秦檜(남송의 유명한 간신. 1090~1155년)를 등용했으며 금나라로 잡혀간 두 황제를 전혀 염두에 두지 않았다. 그런데도 역사가들은 그가 송 왕조의 대를 끊지 않았다는 것만을 높이 평가하여 그에게 정통성을 돌렸으니, 하물며 군신이 한 마음이 되어 한나라를 찬탈하려는 역적을 토벌하기로 서원을 세웠던 소열황제의 경우는 어떠하겠는가? 그러므로 소열황제가 정통이 되는 것은 더욱 의심의 여지가 없는 것이다. 진수陳壽의 정사『삼국지』에서는 이것을 분별하지 못하고 있다. 그래서 나는 자양의『강목』과 절충하여 특별히『삼국연의三國演義』에 이 점을 덧붙여 바로 잡았다.

옛 역사책이 매우 많지만 사람들이 유독 『삼국지』를 탐독했던 것은 고금의 재주 있는 사람들을『삼국지』만큼 왕성하게 모아

▌연燕·운云의 16개 주
오대 진晉의 석경당石敬瑭이 거란에게 할양한 유幽·계薊·영瀛·막莫·탁涿·단檀·순順·신新·규嬀·유儒·무武·운云·응應·환寰·삭朔·울蔚 등 16주의 총칭. 지금의 북경과 산서성 대동시大同市를 중심한 지역이다.

▌진교陳橋에서 병변兵變
진교는 지금의 하남성 개봉시 동북쪽에 위치한 진교진陳橋鎮을 말한다. 오대·북송 때 변경汴京에서 하북 대명大名에 이르는 길의 역참이었는데, 송 태조 조광윤趙匡胤이 이곳에서 처음 쿠데타를 일으켰다.

놓은 책이 없기 때문이다. 재주 있는 사람과 그렇지 못한 사람이 대적하는 것을 보면 특별할 게 없지만, 재주 있는 사람끼리 서로 대적하는 것을 보면 특이하다. 재주 있는 사람끼리 대적하더라도 한 사람의 재주로 여러 사람의 재주와 비등하게 겨루는 것을 보면 특별히 볼 만할 것도 없지만, 재주 있는 사람끼리 서로 대적할 때 여러 사람의 재주로 한 사람의 뛰어난 재주에 굴복하는 것을 보면 더욱 기이하다.

내가 보건대 『삼국지』에는 세 명의 빼어난 인물이 있으니 삼절三絶이라고 할 만하다. 제갈공명이 그 하나요, 관운장이 그 하나요, 조조 역시 그 가운데 하나이다. 역대의 서적들을 살펴보면 훌륭한 재상들이 숲과 같이 늘어서 있지만 명성을 만고에 드높인 사람으로 공명만한 인물이 없다. 그가 은거할 때는 거문고를 타거나 무릎을 껴안고 사색에 잠겼으니 확연히 은사隱士의 품격을 지녔고, 세상에 나가서도 깃털 부채에 비단으로 만든 관건綸巾을 쓴 채 고아한 자세를 고치지 않았다. 초가집 안에 있으면서 천하가 셋으로 나뉠 것을 알았으니 천시天時에 통달한 것이요, 유비의 막중한 유언을 받들어 기산으로 나간 것이 여섯 차례나 되었으니 사람으로서 해야 할 일을 다 한 것이다. 맹획孟獲을 일곱 번 사로잡았다 놓아주었고, 팔진도를 펼쳐 놓았으며, 목우木牛와 유마流馬를 만들었으니 귀신도 헤아리지 못할 경지가 아닐 수 없다. 삼가 조심하면서 사력을 다하고 뜻이 굳어 몸을 돌보지 않았으니, 여전히 신하 되고 자식 된 도리로 마음을 다 한 것이다. 관중管仲(춘추시대 제齊나라의 명재상)과 악의樂毅(전국시대 연燕나라의 명장)에 비교해 그들보다 낫고, 이윤伊尹(상商나라 초기의 뛰어난 대신)과 여상呂尙(문왕, 무왕을 보필한 주周나라 건국 공신. 일명 강태공)에 비교하면 그들을 합쳐 놓은 것과 같으니, 고금을 통틀어 훌륭한 재상들 가운데서도 가장 뛰어난 인물이다.

역대의 서적들을 살펴보면 이름난 장수가 구름처럼 많았지만, 무리에서 가장 우뚝한 자로 운장 만한 인물이 없었다. 푸른 등불 아래 역시 책을 보았으니 지극히 단아한 학자의 모습이며, 일편단심 변치 않은 붉은 마음은 붉은 얼굴빛과 같았으니 더할 나위 없는 영웅의 자태였다. 등불을 밝힌 채 형수들을 모시고 아침까지 밖에서 지키고 서 있었으니 사람들이 그의 높은 절개를 전했으며, 칼 한 자루만을 지닌 채 적진에서 열린 연회에 나갔으니 세상 사람들이 그의 신 같은 위엄에 탄복했다. 홀로 주인 찾아 천리를 달렸으니 주공에게 보답하려는 뜻이 굳었고, 화용도에서는 의리로 조조를 놓아주었으니 은혜를 갚으려는 뜻이 두터웠다. 무슨 일을 하든 푸른 하늘 환한 해처럼 공정하였고, 남을 대할 때는 밝은 달 아래 맑은 바람처럼 시원스러웠다. 그 마음은 조변趙抃*이 향을 사르면서 옥황상제께 아뢴 마음보다 더 공명정대하고, 뜻은 완적阮籍*이 눈에 흰자위를 드러내어 다른 사람을 얕보던 뜻보다 더 엄정했다. 이는 고금의 명장들 중에서도 가장 뛰어난 사람이다.

역대의 서적들을 살펴보면 간사한 영웅이 발끝에 채일 정도로 많았지만, 재주 있는 사람을 가려 뽑을 줄 알면서도 천하를 속일 만한 충분한 지혜를 가진 자로 조조만한 인물이 없었다. 임금을 위해 힘쓰라는 순욱의 말을 들었을 뿐만 아니라 스스로를 주나라 문공에 비유했으니, 마치 충성스러운 것처럼 보인다.

원술이 참람되게 제왕의 존호를 참칭한 잘못을 물리치고 제후가 되기를 원했으니, 마치 임금께 순종한 것처럼 보인다. 진림陳琳을 죽이지 않고 그의 재주를 아꼈으니, 너그러운 것처럼 보인다. 관공을 추격하지 아니하여 그의 뜻을 온전히 해주었으니, 의로운 것처럼 보인다. 왕돈王敦은 곽박郭璞을 쓰지 못했지만,* 조조가 인재를 얻은 것은 그보다 나았다. 환온桓溫은 왕맹王猛을 알아보지 못했지만,* 조조가 사람을 알

■ 조변趙抃
북송北宋 때 구주衢州 서안西安(지금의 절강성 구현衢縣) 사람. 자는 열도閱道. 벼슬하는 동안 자신이 한 일을 날마다 하늘에 알렸다고 한다.

■ 완적阮籍
삼국 시기 위魏나라의 시인. 죽림칠현의 한 사람. 자는 사종嗣宗. 진류陳留 위저尉氏 사람. 마음에 맞지 않는 사람을 만나면 백안시白眼視했다고 한다.

아보는 것은 그보다 나았다. 이임보李林甫*는 비록 안록산安祿山을 막을
수 있었지만, 조조가 변방의 오환烏桓 지방을 공격한 것만은 못하다.

한탁주韓侂胄*는 비록 진회를 깎아 내릴 수 있었지만, 조조가 살아 있는
동탁을 토벌하려고 했던 것만은 못하다. 나라의 권력을 훔쳤음에도 불구하
고 잠시 그 연호를 유지토록 하였으니, 왕망이 드러내 놓고 임금을 시해한
것과는 달랐다. 황제 자리를 비77는 일을 남겨 두어 사신의 아늘이 하도록
기다렸으니, 유유가 서둘러 진나라를 빼앗으려고 했던 것보다 훨씬 나았다.
그는 고금을 통틀어 간사한 영웅들 가운데서 가장 뛰어난 인물이다.

이 세 명의 빼어난 인물들은 그야말로 역사에서 전무후무한 사람들이다.
그러므로 여러 역사책을 두루 읽으면 읽을수록, 더욱더 『삼국지』를 즐겨
읽지 않을 수가 없는 것이다.

『삼국지』에 이 '삼절'이 있는 것은 본디 그렇다고 치자. 그러나 우리가
세 명의 특출한 인물을 제외하고 다시 『삼국지』의 앞과 뒤를 두루 살펴보면,
군막에서 계략을 꾸미던 인물로 서서나 방통 같은 사람이 있었다고 하지
않을 수 있겠는가? 군대를 움직이고 병사를 부린 사람으로 주유·육손·사
마의 같은 인물이 있었다고 하지 않을 수 있겠는가? 일과 사람을 궁리하던
『사람으로 곽가·정욱·순욱·가후·보즐·우번·고옹·장소 같은 이가
있었다고 하지 않을 수 있겠는가? 무공과 장략將略이 남달리 뛰어났던 인물
로 장비·조운·황충·엄안·장료·서황·서성·주환 같은 사람이 있었
다고 하지 않을 수 있겠는가? 적의 예봉을 뚫고 적진을 무너뜨리는 데
날쌔고 민첩하여 아무도 당해 내지 못할 장수로 마초·마대·관흥·장
포·허저·전위·장합·하후돈·황개·주태·감녕·태사자·정봉 같
은 인물이 있었다고 하지 않을 수 있겠는가? 재주 있는 두 사람이 서로
맞수가 되고 훌륭한 두 사람이 서로 팽팽히 맞서는 것으로, 이를테면 강유와
등애의 지혜와 용맹은 어느 누구든 상대할 만했고, 양호와 육항은 조용하고
침착함으로써 서로가 맡은 군영을 안정시켰던 인물이라고 하지 않을 수

있겠는가?

도학道學으로는 마융과 정현이 있고, 화려한 문장으로는 채옹과 왕찬이 있다. 영리하고 민첩한 것으로 말하면 조식과 양수가 있으며, 어려서부터 총명하기로는 제갈각과 종회가 있다. 응구첩대 잘하기로는 진복과 장송이 있고, 언변이 빼어나기로는 이회와 감택이 있다. 군주의 명을 받들어 남의 나라에 사신으로 가서 군주를 욕되지 않게 하기로는 조자와 등지가 있으며, 문장이나 격문을 번개같이 잘 짓기로는 진림과 완우가 있다. 복잡하고 번거로운 일을 잘 처리하기로는 장완과 동윤이 있고, 명성을 드날리기로는 마량과 순상이 있다. 옛것을 좋아하기로는 두예가 있고, 박식한 것으로 말하자면 장화가 있으니, 다른 책에서 이런 인물들을 찾으려 한다면 일일이 모두 보기는 쉽지 않을 것이다.

또한 훌륭한 사람을 알아보기로는 사마휘의 명철함이 있고, 지조를 고수하기로는 관녕의 고아함이 있다. 은거하는 것으로 말하자면 최주평·석광원·맹공위의 한가로움이 있고, 부정한 것을 거스르기로는 공융의 올바름이 있으며, 나쁜 것에 부딪히는 것으로 말하자면 조언의 강직함이 있다. 사악함을 물리치기로는 예형의 호방함이 있고, 역적을 꾸짖는 것으로 말하자면 길평의

▌ 왕돈王敦은……못했지만
왕돈은 동진東晉의 대신. 자는 처중處仲. 낭야琅邪 임기臨沂 사람. 서진 멸망 후 사마예를 옹립하여 동진을 세우고 대장군에 형주목까지 되었으나 뒤에 모반했다. 동진의 저작좌랑著作佐郎 곽박을 기실참군記室參軍으로 삼았으나, 모반할 때 곽박이 친 점괘가 불길하게 나오자 죽였다.

▌ 환온桓溫은……못했지만
동진 초국譙國 용항龍亢 사람. 자는 원자元子. 해서공海西公을 폐위시키고 간문제簡文帝를 세워 찬탈을 꾀하다가 뜻을 이루지 못하고 병사했다. 왕맹은 북해北海 사람으로 자는 경략景略. 환온이 진을 정벌한다는 말을 듣고 찾아가 옷의 이를 잡으며 고담준론한 것으로 유명하다.

▌ 이임보李林甫
당의 대신이자 종실. 무혜비武惠妃·무삼사녀武三思女와의 친분으로 예부상서禮部尙書에 중서문하삼품中書門下三品을 겸임했으며, 나중에는 진국공晉國公이 되었다. 막강한 권세를 휘두르며 번족番族 출신을 장수로 등용한 결과 안사安史의 난을 불렀다.

▌ 한탁주韓侂冑
남송의 대신. 자는 절부節夫. 상주相州 안양安陽 사람. 영종寧宗 때 13년 동안 정권을 잡았다. 중원 회복을 주장하며 투항파를 공격했으나 금나라 공격에 실패한 후 투항파에게 피살되었다.

109

장렬함이 있다. 나라를 위해 목숨을 희생하기로는 동승과 복완의 훌륭함이 있으며, 나라를 위해 목숨을 바치는 것으로 말하자면 경기와 위황의 절개가 있다. 자식이 아비를 위해 죽는 것으로는 유심과 관평의 효성이 있고, 신하가 임금을 위해 죽는 것으로 말하자면 제갈첨과 제갈상의 충성이 있으며, 부하가 주장을 위해 죽기로는 조루와 주창의 의리가 있다.

그밖에 전풍은 선견지명이 있고, 왕루는 직언을 아끼지 않았으며, 저수는 화살처럼 곧은 절개를 지녔고, 장임은 끝까지 뜻을 굽히지 않았으며, 노숙은 재물은 가벼이 여기고 우정을 돈독히 여겼고, 제갈근은 임금을 섬김에 두 마음이 없었으며, 진태는 강한 억압을 두려워하지 않았고, 왕경은 너무도 태연하게 죽음을 맞이했으며, 사마부는 홀로 자신의 성정을 간직했으니, 제각기 찬란하게 역사책을 비춘다.

아마도 이와 비슷한 예를 들자면 전대前代의 풍패豊沛의 세 호걸(패현沛縣 출신의 세 호걸. 소하蕭何·주발周勃·번쾌樊噲. 장량張良·소하蕭何·한신韓信을 꼽기도 함), 상산商山의 네 백발노인(진秦 말엽 상산에 숨어 산 동원공東園公·각리선생角里先生·기리계綺里季·하황공夏黃公), 운대雲臺에 그려진 28명의 장수들(후한 현종顯宗이 남궁南宮의 운대에 앞 시대의 공신인 28장수의 화상을 그렸다), 부춘산富春山에서 온 객성客星(후한 광무제와 동문수학한 회계會稽 여요余姚 사람 엄광嚴光)과 후대 영주瀛洲의 18학사學士(당 태종이 문학관文學館에 등용한 두여회杜如晦·방현령房玄齡 등 18학사), 기린각麒麟閣의 공신功臣들(한 선제宣帝가 미앙궁未央宮의 기린각에 그려 표창한 곽광霍光 등 11명의 공신), 송나라 태조에게 한 잔 술로 병권을 빼앗긴 절도사節度使들,˚ 원元나라의 시시柴市에서 죽은 송나라의 재상(끝까지 원나라에 절개를 굽히지 않은 송나라 우승상 문천상文天祥) 등이 있겠다.

오랜 세월 동안 각 왕조에 흩어져 보이던 인물들이 삼국이라는 한 시대에 바퀴살처럼 한데 모였으니, 이 어찌 재주 있는 사람들이 한바탕 크게 모였다고 하지 않을 수 있겠는가? 그야말로 등림鄧林(전설의 숲)에 들어가 이름난

110

인재를 고르고 현포玄圃(곤륜산 꼭대기. 좋은 옥의 산지로 유명하다)에 노닐면서 쌓여 있는 옥돌을 보는 것 같아, 거두려 해도 다 거둬들일 수가 없고 만나보고 싶어도 다 만나 볼 겨를이 없을 지경이니, 나는 『삼국지』에서 '충분히 보았다觀止'•라는 감탄을 금치 못하게 된다.

이 『삼국지』는 그야말로 문장 가운데서도 가장 현묘한 것이다.

삼국의 일을 서술하면서 삼국에서부터 시작하지 않았으니, 삼국에는 반드시 비롯된 바가 있으므로 한나라 황제들로부터 시작한 것이다. 삼국의 일을 서술하면서 삼국에서 끝마치지 않았으니, 삼국에는 반드시 나름대로 끝마치는 이유가 있으므로 진나라에서 끝마친 것이다.

이 뿐만이 아니다. 유비는 황제의 후예로서 정통을 이었으니, 유표·유장·유요·유벽 같은 종실들이 있어 짝을 이룬다. 조조는 권력을 틀어진 대신으로서 전제 정치를 했으니, 황제를 폐위한 동탁 같은 인물이나 나라를 어지럽힌 이각·곽사 같은 인물이 있어 짝이 된다. 손권은 한 지방의 제후로서 삼분천하의 하나를 통치했으니 황제를 참칭한 원술, 영웅을 자칭한 원소, 한 지역을 차지한 여포·공손찬·장양·장막·장로·장수 같은 인물들이 있어 짝이 된다.

유비와 조조는 제1회에 이름이 나오지만, 손권은 제7회에 가서야 비로소 이름이 나온다. 조씨가 허현을 도읍으로 정한 일은 제11회에 있고 손씨 집안이 강동을 평정한 일은 제12회에 나오지만, 유비가 서천 땅을 얻은 것은 제60회 이후의 일이다.

요즘 사람들에게 소설을 지으라고 한다면 삼국시대의 일을 근거도 없이 흉내 내려

▌송나라……절도사들
송 태조 조광윤趙匡胤은 절도사들의 발호를 막기 위해 금군 장령 석수신石守信·왕심기王審琦·고회덕高懷德 등에게 연회를 베풀고는 관직과 많은 봉록을 조건으로 그들의 병권을 박탈했다.

▌충분히 보았다
본 것이 더할 나위 없이 좋고 아름답다는 뜻. 춘추 시대 오나라 계찰季札이 노魯나라에 가서 음악과 춤을 감상하고 나서 '충분히 보았습니다. 다른 음악이 있다 해도 감히 청할 엄두가 나지 않는군요.'라 감탄한 데서 유래된 말.

하여 그 형세는 필경 시작부터 바로 세 사람을 서술하고 그 세 사람은 곧장 각자 한 나라씩 차지하는 식으로 될 테니, 이 책처럼 앞에서는 감겨 있다가 나중에야 풀려 나오게 하고, 그 좌우를 선회하는 것처럼 할 수 있겠는가? 그런데 옛일을 전하는 데 있어 이토록 자연스레 파란만장하게 바뀌고 이토록 자연스레 층층을 이루거나 구부러지도록 함으로써 절세의 빼어난 문장을 이루었다.

그러므로 『삼국지』를 읽는 것이 다른 소설 수만 가지를 읽는 것보다 훨씬 나은 것이다.

세 나라의 터전을 연 군주를 논하자면 사람들은 모두 유비·손권·조조임을 알고 있지만, 그들 사이에 각기 다른 점이 있다는 것은 모르고 있다.

유비와 조조는 각기 자신의 힘으로 창업했지만 손권은 부친과 형의 힘을 빌렸으니 첫 번째 다른 점이다.

유비와 손권은 자신이 황제가 되었으나 조조는 스스로 황제가 되지 않고 그 자리에 자손이 앉기를 기다렸으니 두 번째 다른 점이다.

세 나라가 황제를 칭함에 위나라가 유독 빨랐으나 촉나라는 조조가 죽고 조비가 재위에 오른 다음에야 황제라 칭했고, 오나라는 유비가 죽고 유선이 재위에 오른 뒤에야 황제라 칭했다. 이것이 세 번째 다른 점이다.

세 나라가 서로 대치할 때, 오나라는 촉나라의 이웃이었고 위나라는 촉나라의 원수였다. 촉나라와 오나라는 화해를 하기도 하고 전쟁을 하기도 했지만, 촉나라와 위나라는 전쟁만 했지 화해한 적은 없었다. 오나라와 촉나라는 평화롭게 지낸 적이 전쟁을 한 적보다 많았고, 오나라와 위나라는 전쟁을 한 적이 평화롭게 지낸 적보다 많았다. 이것이 네 번째 다른 점이다.

세 나라가 보위를 전함에 있어 촉나라는 2대에 그쳤고, 위나라는 조비로부터 조환에 이르기까지 모두 5대, 오나라는 손권으로부터 손호에 이르기까지 모두 네 임금이었으니, 이것이 다섯 번째 다른 점이다.

세 나라가 멸망할 때 오나라가 맨 나중이었고 촉나라가 가장 먼저였으며 위나라가 그 뒤를 이었다. 위나라는 그 신하에게 빼앗겼고, 오나라와 촉나라는 그들의 적에게 병합되었으니, 이것이 여섯 번째 다른 점이다.

그뿐만이 아니다. 손책과 손권의 경우에는 형이 죽자 아우가 이었고, 조비와 조식의 경우에는 아우를 버리고 형을 세웠으며, 유비와 유선의 경우에는 아버지는 황제였는데 자식은 포로가 되었고, 조조와 조비의 경우에는 아버지는 신하였는데 자식은 임금이 되었으니, 말 그대로 들쑥날쑥 얽혀 있으며 변화무쌍하다고 하겠다.

그림을 잘 못 그리는 사람은 비록 다른 두 사람을 그리더라도 필경 같은 모습이 될 것이고, 노래를 잘 못 부르는 사람은 비록 각각 다른 노래 두 곡을 부르더라도 역시 같은 소리로 부를 것이다. 문장이나 시가들이 서로 유사한 것도 종종 이와 같은 종류인 것이다. 옛사람에게는 본시 모방하는 일이란 없었는데, 오늘날 사람은 서로 모방된 글을 짓기 좋아한다. 그렇다면 어째서 내가 평을 단 『삼국지』를 가져다가 읽지 않는가?

이 『삼국지』에는 전체 시작과 전체 끝맺음 사이에 다시 각각 여섯 가지의 시작과 끝맺음이 있다.

헌제를 서술함에 있어서는 동탁이 황제를 폐하고 그를 옹립한 것을 시작으로 하여, 조비가 제위를 찬탈할 것을 끝맺음으로 한다. 서쪽의 촉나라를 서술하는 것은 유비가 성도에서 황제라 칭한 것을 시작으로 하여, 유선이 면죽을 잃고 나가서 항복한 것을 끝맺음으로 한다. 유비·관우·장비 세 사람을 서술하는 것은 복숭아밭에서 형제의 의를 맺은 것을 시작으로 하여, 유비가 백제白帝에서 제갈량에게 외로운 자식들을 부탁한 것을 끝맺음으로 한다. 제갈량을 서술하는 것은 삼고초려三顧草廬를 시작으로 하여, 여섯 차례나 기산祁山으로 나간 것을 끝맺음으로 한다. 위나라를 서술하는 것은 연호를 황초黃初로 바꾼 것을 시작으로 하여, 사마염이 제위를 선양받은 것을 끝맺음으로 한다. 동쪽의 오나라를 서술하는 것은 손견이 옥새를 숨긴 것을 시작으로 하여, 손호가 성지聖旨를 받든 것을 끝맺음으로 한다.

무릇 이 몇 단락의 글들은 그 사이에서 서로 연결되어 있으니, 여기서 바야흐로 시작하면 저기서는 이미 끝맺기도 하고, 또 여기는 아직 끝맺지 않았는데 저기서는 다시 시작하기도 한다. 읽는 동안에는 그 잇고 끊어지는 흔적을 볼 수 없지만, 자세히 살펴본다면 나름대로의 구도가 있음을 알 수 있을 것이다.

이 『삼국지』에는 본원本源을 추적하는 묘미가 있다.

세 나라로 나누어진 것은 여러 군벌이 서로 각축했기 때문이다. 여러 군벌이 서로 각축한 것은 동탁이 나라를 어지럽힌 일에서 비롯되었다. 동탁이 나라를 어지럽혔던 것은 하진이 외부 군사를 불러들인 일에서 비롯되었다. 하진이 외부 군사를 불러들였던 것은 십상시十常侍가 정치를 전횡했던 일에서 비롯되었다. 그러므로 삼국의 일을 서술하는 데는 반드시 십상시를 그 발단으로 삼아야 한다.

그러나 유비가 처음 군사를 일으켰을 때는 여러 군벌들에 포함되지 않고 아직 초야에 있었다. 무릇 초야에서 영웅들이 의병을 모으고 여러 군벌에서 군사를 정비했던 까닭은 황건적이 난을 일으켰기 때문이다. 그러므로 삼국의 일을 서술하는 데는 또 반드시 황건적을 그 발단으로 삼아야 한다.

그러나 황건적이 난을 일으키기 전에도 하늘은 천재지변을 내려 이를 경계했고, 더욱이 충성스럽고 지혜로운 인재들은 이를 예측하고 극력 간언했다. 만일 당시 임금 된 사람이 하늘의 인자함을 몸으로 체득하고 훌륭한 신하의 의견을 받아들여 과감하게 십상시를 모두 물리쳤더라면, 황건적이 난을 일으키지 않아도 되고 초야의 영웅들이 군사를 일으키지 않아도 되고 여러 군벌의 병사를 준비시키지 않아도 되었을 것이다. 아울러 삼국으로 나누어지지 않을 수도 있었을 것이다. 그러므로 삼국의 일을 서술하는 것은 환제와 영제에게서 그 뿌리를 찾게 되니, 이는 마치 황하의 연원이 성수해星宿海(청해성靑海省에 있는 호수. 황하의 발원지)에 있다고 말하는 것과 같다.

이 『삼국지』에는 교묘하게 거두고 신비하게 끝맺는 묘미가 있다.

가령 위나라가 촉나라에 병합되도록 했다면 이는 사람들이 마음속으로 간절히 원하는 바일 것이다. 가령 촉나라가 망하고 위나라가 통일을 이루도록 했다면 이는 사람들이 마음속으로 크게 불평하는 바일 것이다. 그러나 하늘의 뜻은 사람들이 속으로 간절히 원하는 바를 따르는 것이 아닐 뿐만 아니라 또한 사람들이 속으로 크게 불평하는 바를 따르는 것도 아닌, 다만 진晉나라의 손을 빌려 통일을 이루도록 하는 것이었다. 이것이 조물주의 신비로움이다.

그러나 하늘이 한나라의 제위帝位를 이어주지도 않았고 또 위나라에 제위를 주지도 않았다면 어째서 오나라의 손을 빌리지 않고 하필이면 진나라의 손을 빌려야만 했는가? 대답하자면 이렇다.

위나라야 본래부터 한나라의 역적이었고, 오나라 또한 일찍이 관공을 해쳤고 형주를 빼앗았으며 위나라를 도와 촉한을 공격했으니 마찬가지로 한나라의 역적이다. 만약 진나라가 위나라를 빼앗는 것이 한나라를 위해 원수를 갚는 것이 된다면, 오나라에 의해 통일이 되는 것은 차라리 진나라에 의해 통일되는 것보다 못하다. 게다가 오나라는 위나라의 적수였고, 진나라는 위나라의 신하였다. 위나라는 신하가 임금을 시해하여 세운 나라이고, 진나라는 바로 그와 똑같이 하여 이를 보복했으니 천하 후세에 경계가 될 수 있다. 그러므로 위나라를 그의 적에게 병합되도록 하는 것보다 차라리 위가 자신의 신하에게 병합되게 하는 것이 더욱 통쾌하다. 이것이 조물주의 교묘함이다.

신비로움은 이미 사람의 생각을 뛰어넘고 교묘함은 다시 사람의 생각에 들어맞으니 조물주는 가위 글을 짓는 데 뛰어나다고 할 수 있겠다. 지금 사람들은 붓을 들더라도 필경 이처럼 신비롭고 교묘하게 할 수는 없을 것이다. 그렇다면 조물주의 천의무봉天衣無縫한 글을 읽지 굳이 지금 사람들이 맘대로 꾸며댄 글을 읽을 필요가 있겠는가?

이『삼국지』에는 손님을 이용해 주인을 부각시키는 묘미가 있다.

예를 들어 복숭아밭에서 의형제를 맺은 세 사람을 서술하기 위해 먼저 황건적 형제 세 사람을 서술했으니, 도원桃園 이야기가 주인이요 황건적 이야기는 손님이다.

장차 중산정왕의 후예인 유비를 서술하기 위하여 먼저 노공왕魯恭王의 후예인 유언을 서술했으니, 중산정왕 얘기가 주인이고 노공왕 이야기는 손님이다.

장차 하진을 서술하기 위하여 먼저 진번과 두무를 서술했으니, 하진이 이야기의 주인이고 진번과 두무는 그 손님이다.

유비·관우·장비와 조조·손견의 결출함을 서술하면서 동시에 각 군영 제후들의 무능함을 서술했으니, 유비·조조·손견 등이 주인이요 각 군영의 제후들은 손님이다.

유비가 제갈량을 만나기에 앞서 먼저 사마휘·최주평·석광원·맹공위 등 여러 사람을 만나도록 했으니, 제갈량이 그 주인이요 사마휘를 비롯한 여러 사람은 그 손님이다.

제갈량이 두 명의 임금을 차례로 섬긴 반면 먼저 왔다가 간 서서와 나중에 왔다가 먼저 죽은 방통이 있으니, 제갈량이 이야기의 주인이고 서서와 방통은 또 그 손님이 된다.

조운은 먼저 공손찬을 섬겼고 황충은 먼저 한현을 섬겼으며 마초는 먼저 장로를 섬겼고 법정과 엄안은 먼저 유장을 섬겼다. 그러다가 나중에 모두 유비에게로 귀순했으니, 유비는 그 주인이고 공손찬·한현·장로·유장은 손님이다.

태사자는 먼저 유요를 섬기다가 나중에 손책에게로 귀순했고, 감녕은 먼저 황조를 섬기다가 뒤에 손권에게 귀순했으며, 장료는 먼저 여포를 섬겼고, 서황은 먼저 양봉을 섬겼고, 장합은 먼저 원소를 섬겼고, 가후는 먼저 이각과 장수를 섬기다가 나중에 모두 조조에게 귀순했으니, 손책 형제와 조조는 그 주인이요 유요·황조·여포·양봉 등 여러 사람들은 그 손님이 된다.

'한을 대신할 자는 마땅히 길에서 높은 이라代漢者當塗高'는 예언은 원래 위나라에 들어맞는 것인데 원공로遠公路(원술)는 자신에게 해당하는 것으로 잘못 받아들였으니, 위나라가 그 예언의 주인이고 원공로는 손님이다.

'세 마리의 말이 한 구유에 같이 있다三馬同槽'는 꿈은 원래 사마씨 집안에 들어맞는 것인데 조조는 그것이 마등 부자에 해당한다고 오해했으니, 사마씨 집안이 그 꿈의 주인이요 마등 부자는 손님이 된다.

이숙은 수선대受禪臺 이야기를 하여 동탁을 속였지만 조비에게는 바로 사실이 되고 사마염에게도 사실이 되었으니, 조비와 사마염이 그 이야기의 주인이고 동탁은 손님이 된다.

사람에게만 손님과 주인이 있는 것이 아니라, 땅 역시 이를 가지고 있다.

헌제는 낙양에서 장안으로 천도했고 다시 장안에서 낙양으로 천도했다가 나중에는 마침내 허창으로 천도했으니, 허창이 주인이고 장안과 낙양은 모두 손님이다.

유비가 서주를 잃고 형주를 얻었으니, 여기서는 형주가 주인이고 서주는 손님이 된다. 이어서 양천兩川을 얻고 다시 형주를 잃었으니, 이때는 양천이 그 주인이고 형주는 또 그 손님이 된다.

공명이 장차 북쪽으로 중원 땅을 정벌하기 위해 먼저 남만 지방을 평정했는데 그의 뜻은 남만 지방에 있지 않고 중원 땅에 있었으니, 중원 땅이 그 주인이고 남만 지방은 그 손님이다.

땅에만 손님과 주인이 있는 것이 아니라 사물 역시 이를 가지고 있다.

이유는 짐주鴆酒와 단도와 흰 명주를 지니고 들어가 황제 변辨에게 건네주었으니, 짐주가 그 사건의 주인이요 단도와 흰 명주는 손님이 된다.

허전許田에서 사냥을 할 때 조조가 사슴을 쏘아 맞추는 것을 서술하기 위해 먼저 현덕이 토끼를 쏘아 맞추는 장면을 서술했으니, 사슴이 그 이야기의 주인이고 토끼는 손님이다.

적벽대전에서 공명이 바람을 빌리는 것을 서술하기에 앞서 먼저 화살을 빌리는 일을 서술했으니, 바람이 주인이고 화살은 그 손님이다.

동승이 헌제로부터 옥대玉帶를 받았을 때 비단 도포와 함께 그것을 받았으니, 옥대가 주인이고 도포는 손님이다.

관공이 적토마를 하사 받았을 때 황금 도장이나 붉은 전포 같은 여러 하사품을 함께 받았으니, 적토마가 주인이고 황금 도장 등은 손님이다.

조조가 땅을 파다가 구리 참새를 얻고는 동작대銅雀臺를 세웠는데, 여기에 옥룡대玉龍臺와 금봉대金鳳臺도 함께 세웠으니, 참새가 주인이고 용과 봉황은 손님이 된다.

이러한 예들은 이루 다 헤아릴 수가 없다. 이 책을 잘 읽어본 사람이라면 이로부터 이 문장에 있는 손님과 주인의 법칙을 깨달을 수 있을 것이다.

이 『삼국지』에는 한 나무에서 다른 가지가 뻗어나고, 한 가지에서 다른 잎이 생겨나고, 한 잎에서 다른 꽃이 피어나고, 한 꽃에서 다른 열매가 맺는 묘미가 있다.

글 짓는 사람에겐 중복을 피하는 것이 재능이지만 또한 절묘하게 중복하는 것도 능력이 된다. 중복하지 않고 그저 피하려고만 들면 정작 제대로 피하는 맛을 드러낼 수 없다. 오직 적당히 중복하고 또 알맞게 중복을 피할 때 비로소 제대로 피하는 맛을 보일 수 있다.

예를 들어 궁정 안의 일을 기록할 때 하何태후의 일을 쓰고 다시 동董태후의 일을 썼다. 복伏황후를 쓰고 나서 다시 조曹황후를 썼으며, 당唐귀비를 쓰고 다시 동董귀인을 썼다. 감甘부인과 미麋부인을 쓰고 나서 다시 손孫부인을 쓰고 또다시 북지北地왕비를 썼다. 위나라의 진후甄后와 모후毛后를 쓰고 다시 촉나라의 장후張后를 썼으나, 이들을 묘사하는 가운데 한 글자도 서로 같은 것이 없었다.

황실의 인척을 기록할 때는 하진을 쓰고 다음에 동승을 쓰고, 동승 다음에는 다시 복완을 썼다. 위나라의 장집張緝을 쓰고 나서 다시 오나라의 전상全尙을 썼지만, 마찬가지로 이들을 묘사하는 가운데서 한 글자도 서로 같은 것이 없었다.

권신權臣을 쓸 때는 동탁 다음에 이각과 곽사를 썼다. 이각과 곽사 다음에는 다시 조조를 썼다. 조조 다음에는 다시 조비를 썼다. 조비 다음에는 다시 사마의를 썼다. 사마의 다음에는 다시 사마사와 사마소 형제를 함께 썼다. 사마사와 사마소 형제 다음에는 다시 이어서 사마염을 쓰고, 다시 오나라의 손침孫綝을 곁들여 썼다. 그럼에도 불구하고 마찬가지로 이들을 묘사하는 가운데 한 글자도 서로 같은 것이 없었다.

그밖에 형제들의 일을 서술한 것을 보면, 원담과 원상은 서로 화목하지 못했고 유기와 유종도 화목하지 못했으며 조비와 조식 또한 화목하지 못했는데, 원담과 원상은 둘 다 죽었고 유기와 유종은 하나(유종)는 죽고 하나(유기)는 살았으며 조비와 조식은 모두 죽지 않았으니, 서로 많이 다르지 아니한가?

혼인에 관한 일을 서술한 것을 보면, 동탁은 손견에게 혼사를 청했고 원술은 여포와 혼사를 약속했으며 조조는 원담과 혼사를 약속했고 손권은 유비와 혼사를 맺었고 또 운장에게 혼사를 청했다. 그런데 때로는 거절하여 허락하지 않고 어떤 경우는 승낙했다가 다시 거절했으며 혹은 거짓으로 약속한 일이 도리어 성사되고 말았고 어떤 경우에는 진심으로 약속했지만 이루어지지 못했으니, 많이도 다르지 아니한가?

왕윤이 미인계를 쓰고 주유 또한 미인계를 썼는데, 하나(왕윤)는 효과를 보았지만 다른 하나(주유)는 그러지 못했으니 서로 다르다.

동탁과 여포가 서로 미워하고 이각과 곽사 또한 서로 미워했는데, 한쪽(이곽과 곽사)은 화해했지만 다른 한쪽(동탁과 여포)은 그러하지 못했으니 서로 다르다.

헌제가 두 번 밀조를 내렸는데, 먼저 번은 숨겨졌지만 나중 것은 드러났다. 마등 역시 두 번이나 역적(조조)을 토벌하려고 했는데, 먼저 번은 드러났지만 나중 것은 숨겨졌으니 이것이 서로 다른 점이다.

여포는 두 번이나 양아버지를 죽였는데, 먼저 번은 재물에 마음이 움직였고 나중에는 여색에 마음이 흔들렸다. 먼저는 사적인 이익 때문에 공도公道를 무너뜨렸고 나중에는 공적인 일을 빌려 사적인 욕심을 채웠으니, 이것이 또한 다른 점이다.

조운은 두 번이나 군주(유선)를 구했는데, 먼저 번은 육지에서 구했고 나중에는 강에서 구했다. 먼저 번은 여주인(미부인)의 손에서 그를 넘겨받았지만 나중에는 여주인(손부인)의 품에서 그를 빼앗았으니, 이 또한 다른 점이다.

물에 대해서 쓴 것이 한 번에 그치지 않고, 불에 대해 쓴 것 또한 한 번에 그치지 않는다.

조조는 하비에서 물을 사용했고 기주에서도 물을 사용했다. 관공은 백하白河에서 물을 사용했고 증구천罾口川에서도 물을 사용했다.

여포는 복양에서 불을 사용했고, 조조는 오소에서 불을 사용했으며, 주랑周郎(주유)은 적벽에서 불을 사용했고, 육손은 효정猇亭에서 불을 사용했고, 서성은 남서南徐에서 불을 사용했다. 무후는 박망과 신야에서 불을 사용했고 다시 반사곡과 상방곡에서 불을 사용했다.

그런데 앞뒤로 조금이라도 서로 중복되는 경우가 있었던가?

심지어 맹획을 사로잡은 것이 일곱 번이고, 기산으로 나간 것이 여섯 번이며, 중원 땅을 정벌한 것이 아홉 번이니, 한 글자라도 중복되는 경우를 찾으려고 해도 찾을 수 없다.

절묘하구나, 문장이여! 비유컨대 나무는 여느 나무와 같고 가지는 여느 가지와 같으며 잎은 여느 잎과 같고 꽃은 여느 꽃과 같건만, 그것이 뿌리를 내리고 꼭지가 자리를 잡으며 꽃망울을 터뜨리고 열매를 맺는 모양이 오색으로 어지러이 뒤섞여 흐드러지면서 제각각 이채로움을 이루는 것과 같구나. 독자는 이로부터 작품에는 피하기의 수법과 또 중복하기의 수법이 있음을 깨달을 수 있을 것이다.

이『삼국지』에는 별자리가 옮겨가고 비바람이 불어 본말이 뒤집히는 묘미가 있다.

두보杜甫의 시에 '하늘에 구름은 흰옷처럼 떠 있더니 금세 검푸른 개와 같은 모양으로 바뀌네天上浮雲如白衣, 斯須改變成蒼狗'란 구절이 있는데, 세상일은 예측할 수 없음을 말한 것이다.『삼국지』의 문장 역시 이와 같다.

하진은 본시 환관들을 죽이려고 계획했지만 도리어 환관들이 하진을 죽이도록 만들었으니, 상황이 뒤바뀐 것이다.

여포는 본디 정원을 도왔지만 오히려 정원을 죽이도록 만들었으니, 상황이 뒤바뀐 것이다.

동탁은 본래 여포와 부자 관계를 맺었는데 도리어 여포가 동탁을 죽이도록 만들었으니, 상황이 뒤바뀐 것이다.

애초에 진궁은 조조를 풀어 주었는데 나중에 진궁은 조조를 죽이려는 상황으로 만들었으니, 상황이 뒤바뀐 것이다.

진궁은 조조를 죽이지 않았는데 반대로 조조는 진궁을 죽이도록 만들었으니, 상황이 뒤바뀐 것이다.

본시 왕윤은 이각과 곽사를 용서하지 않았다가 도리어 그들에게 죽임을

당하도록 만들었으니, 상황이 뒤바뀐 것이다.

본래 손견은 원술과 사이가 좋지 않았는데 나중에 원술은 손견에게 우호를 맺는 편지를 보내게 만들었으니, 상황이 뒤바뀐 것이다.

본래 유표는 원소에게 구해 달라고 요청했는데 도리어 유표가 손견을 죽이도록 만들었으니, 상황이 뒤바뀐 것이다.

본래 소열황제는 원소를 따라 동탁을 토벌하려고 했는네 오히려 공손찬을 도와 원소를 공격했으니, 상황이 뒤바뀐 것이다.

본래 소열황제는 서주를 구해 주려고 하였는데 도리어 서주를 차지하게 되었으니, 상황이 뒤바뀐 것이다.

본래 여포는 서주에 몸을 의탁한 것이었는데 오히려 여포가 서주를 빼앗도록 만들었으니, 상황이 뒤바뀐 것이다.

본래 여포는 소열황제를 공격하기로 했는데 나중에 다시 소열황제를 영접하도록 만들었으니, 상황이 뒤바뀐 것이다.

본래 여포는 원술과 왕래를 끊었는데 나중에 다시 원술에게 도움을 구하노록 만들었으니, 상황이 뒤바뀐 것이다.

본래 소열황제는 여포를 도와 원술을 토벌하기로 했지만 나중에 다시 조조를 도와 여포를 죽이도록 만들었으니, 거꾸로 바뀐 것이다.

본래 소열황제는 조조를 도왔다가 나중에는 다시 조조를 토벌토록 만들었으니, 상황이 뒤바뀐 것이다.

본래 소열황제는 원소를 공격했다가 나중에는 다시 원소에게 몸을 의탁하도록 만들었으니, 상황이 뒤바뀐 것이다.

본래 소열황제는 원소를 도와 조조를 공격했는데 나중에 다시 관공이 조조를 도와 원소를 공격토록 만들었으니, 상황이 뒤바뀐 것이다.

본래 관공은 소열황제를 찾으러 나선 것인데 나중에 다시 장비가 관공을 죽이려 하도록 만들었으니, 상황이 뒤바뀐 것이다.

본래 관공은 허전에서 조조를 죽이려고 한 적이 있었으나 나중에 다시 화용도에서 조조를 놓아주도록 만들었으니, 상황이 뒤바뀐 것이다.

본래 조조가 소열황제를 추격했지만 나중에는 다시 소열황제가 동오와 연합하여 조조를 쳐부수었으니, 상황이 뒤바뀐 것이다.

본래 손권은 유표와 원수 사이였는데 나중에는 다시 노숙을 시켜 유표를 조문하고 유기도 조문하도록 만들었으니, 상황이 뒤바뀐 것이다.

본래 공명은 주랑을 도왔는데 도리어 주랑이 공명을 죽이려고 하도록 만들었으니, 상황이 뒤바뀐 것이다.

본래 주랑은 소열황제를 해치려고 했으나 도리어 손권이 소열황제와 인척 관계를 맺도록 만들었으니, 상황이 뒤바뀐 것이다.

본래 손권과 주유는 손부인을 이용해 소열황제를 견제하려 했으나 도리어 손부인이 소열황제를 도우도록 만들었으니, 상황이 뒤바뀐 것이다.

본래 공명은 주랑의 화를 돋워 죽도록 했는데 나중에 다시 주랑을 위해 곡을 하도록 만들었으니, 상황이 뒤바뀐 것이다.

본래 소열황제는 유표에게서 형주를 받지 않으려고 했으나 결국 오나라로부터 형주를 빌리도록 만들었으니, 상황이 뒤바뀐 것이다.

본래 유장은 조조와 동맹을 맺으려고 했으나 오히려 소열황제를 맞아들이도록 만들었으니, 상황이 뒤바뀐 것이다.

본래 유장은 소열황제를 맞아들였는데 오히려 소열황제는 유장의 영토를 빼앗도록 만들고 말았으니, 상황이 뒤바뀐 것이다.

본래 소열황제는 형주 땅을 나눠주려고 했는데 나중에 다시 여몽이 형주를 습격토록 만들었으니, 상황이 뒤바뀐 것이다.

처음에는 소열황제가 동오를 쳐부수었지만 나중에는 다시 육손이 소열황제를 완전히 패배시키도록 만들었으니, 상황이 뒤바뀐 것이다.

본래 손권은 조비에게 도움을 구하려고 했는데 조비가 오히려 손권을 습격하도록 만들었으니, 상황이 뒤바뀐 것이다.

본래 소열황제는 동오와 원수 사이였는데 나중에 다시 공명이 동오와 우호 관계를 맺도록 만들었으니, 상황이 뒤바뀐 것이다.

본래 유봉은 맹달의 말을 들었지만 나중에는 도리어 그를 공격토록 만들었으니, 상황이 뒤바뀐 것이다.

본래 맹달은 소열황제를 배신했지만 나중에는 다시 공명에게 귀순하도록 만들었으니, 상황이 뒤바뀐 것이다.

본래 마등은 소열황제와 조조를 토벌할 일을 같이했는데 나중에는 다시 그의 아들인 마초가 소열황제를 공격하도록 만들었으니, 상황이 뒤바뀐 것이다.

본래 마초는 유장을 구하려고 했는데 나중에는 오히려 소열황제에게 투항토록 만들었으니, 상황이 뒤바뀐 것이다.

본래 강유는 공명에게 대적했지만 나중에는 오히려 공명을 도우도록 만들었으니, 상황이 뒤바뀐 것이다.

하후패는 원래 사마의를 도왔으나 나중에는 강유를 돕게 만들었으니, 상황이 뒤바뀐 것이다.

종회는 본래 등애를 시기했지만 나중에는 도리어 위관이 등애를 죽이도록 만들었으니, 상황이 뒤바뀐 것이다.

강유가 본디 종회를 속였지만 나중에는 도리어 종회의 여러 부하 장수들이 종회를 죽이도록 만들었으니, 상황이 뒤바뀐 것이다.

원래 양호는 손호의 신하인 육항과 우호적인 사이였지만 나중에는 오히려 양호가 손호를 정벌하라고 청하도록 만들었으니, 상황이 뒤바뀐 것이다.

양호가 본디 오나라를 정벌할 것을 청했지만 그 일은 오히려 두예와 왕준에 의해 이루어지도록 만들었으니, 상황이 뒤바뀐 것이다.

이 작품의 호응 수법을 논하자면, 앞 권을 읽으면 반드시 앞과 호응하는 그 뒷 권이 있음을 알게 된다. 이 작품의 변화무쌍함을 논하자면, 앞부분을 읽는다고 해서 그 뒷부분을 헤아릴 수는 없다. 앞을 보면 호응하는 다음 내용을 알 수 있다는 면에서 『삼국지』라는 작품의 정교함을 보게 되고,

앞을 보았어도 뒷내용의 변화를 짐작할 수 없다는 점에서는 다시금 『삼국지』라는 작품의 신비스러움을 보게 된다.

이 『삼국지』에는 가로누운 구름이 고개를 끊고 가로놓인 다리가 계곡 사이를 연결시켜 주는 듯한 묘미가 있다.

문장에는 마땅히 이어야 할 곳이 있고 당연히 끊어야 할 부분이 있다. 관우가 다섯 관문을 지나며 여섯 장수를 베고, 유비가 제갈량의 초가를 세 번 찾아가고, 제갈량이 맹획을 일곱 번 사로잡는 부분은 이 작품에서 잇는 묘미를 발휘한 부분이다. 제갈량이 주유에게 세 번 화를 돋우고, 기산으로 여섯 번 나아가고, 강유가 중원 땅을 아홉 번 정벌하는 부분은 이 작품에서 끊는 묘미를 발휘한 부분이다.

대개 짧은 글은 이어서 서술하지 않으면 한데 꿸 수가 없고, 긴 글은 이어서 서술하면 번잡해질 염려가 있다. 그러므로 반드시 다른 사건을 서술하여 그 사이에 놓은 다음에야 글의 모습이 비로소 얽히고설키면서 변화를 다하게 된다. 후세의 소설가들 중에 이런 경지에 이른 사람은 아주 드물다.

이 『삼국지』에는 눈이 내리기 전에 싸라기눈을 보고 비가 쏟아지기 전에 천둥소리를 듣는 것 같은 묘미가 있다.

주된 글이 뒤에 있으면 반드시 먼저 사소한 단락이 그것을 이끌어 주고, 큰 문장이 뒤에 있으면 반드시 먼저 작은 문장이 그것의 실마리가 된다.

조조가 복양에서 화공을 당하는 일을 서술하기에 앞서 미축의 집안에 불이 났다는 사소한 글을 서술하여 이를 미리 열어 준다.

공융이 소열황제에게 구원을 청하는 일을 서술하기에 앞서 공융이 이응을 찾아뵈었던 사소한 단락을 서술하여 이를 미리 알려 준다.

적벽에서 불을 놓는 큰 단락의 문장을 서술하기에 앞서 박망과 신야에서 화공을 가하는 두 편의 작은 글을 먼저 서술하여 이를 미리 열어 준다.

제갈량이 기산으로 여섯 번이나 나아가는 큰 단락의 글을 서술하기에 앞서 먼저 맹획을 일곱 번이나 사로잡는다는 작은 단락의 글을 서술하여 이를 미리 알려 준다.

노나라 사람들은 하늘에 제사를 드릴 경우 반드시 먼저 반궁頖宮(제후국의 대학)에서 후직后稷에게 제사를 드렸는데, 삭품의 묘미가 또한 바로 이와 같다.

이 『삼국지』에는 큰 파도가 친 다음 파문이 일고 큰 비가 내린 뒤에 가랑비가 내리는 것과 같은 묘미가 있다. 무릇 뛰어난 문장은 글 앞에 반드시 전주곡이 있고 글 뒤에도 여운이 남는 법이다.

동탁의 일 다음에는 다시 그를 따르는 도적들이 있어 이야기를 이어가고, 황건적의 일 다음에는 다시 잔당이 있어 이야기를 늘려 간다.

소열황제가 세 번이나 제갈량의 초가를 찾은 뒤에 다시 유기가 제갈량에게 세 번 도움을 청하는 글이 있어 이를 돋보이게 한다.

무후가 군사를 이끌고 출전하는 큰 글 뒤에 다시 강유가 위나라를 정벌하러 가는 글이 있어 이를 두드러지게 하니, 이러한 것들이 바로 그러하다.

이러한 예들은 모두 다른 책에는 없는 것들이다.

이 『삼국지』에는 찬 얼음이 열을 제거하고 서늘한 바람이 먼지를 쓸어 가는 듯한 묘미가 있다.

관공이 다섯 관문을 지나며 여섯 장수들을 벨 무렵 갑자기 진국사鎭國寺에서 보정 스님을 만나는 한 단락이 나오는가 하면 소열황제가 말을 타고 단계를 뛰어넘은 직후에는 갑자기 수경장에서 사마司馬선생을 만나는 한 단락이 나온다.

손책이 강동을 호랑이처럼 걸터앉을 무렵에 갑자기 우길을 만나는 한 단락이 나온다.

조조가 위왕의 작위에 나아간 직후에 갑자기 좌자를 만나는 한 단락이 나온다.

소열황제가 제갈량의 초가를 세 번이나 찾아가는 과정에서 갑자기 최주평을 만나 길가에 앉아 한담하는 한 단락이 나온다.

관공이 위나라의 칠군七軍을 수몰시킨 다음에 죽은 관우의 혼백이 달밤에 옥천산에서 보정의 말을 듣고 깨달아 귀의하는 한 단락이 나온다.

이것 말고도 무후는 남만을 정벌하러 갔다가 갑자기 맹절을 만나게 된다. 육손은 촉나라 군사를 추격하다가 갑자기 황승언을 만나게 된다. 장임은 적과 맞서기 직전에 갑자기 자허상인에게 운수를 물어보게 된다. 소열황제는 오나라를 정벌하러 가는 도중에 갑자기 청성산靑城山의 노인에게 길흉을 물어 보게 된다.

어떤 경우는 승려이고, 혹은 도인이며, 혹은 은사들이고, 혹은 나이가 많은 사람들로, 모두가 지극히 어수선한 상황 가운데 그들을 찾았으니, 진실로 독자들이 조급한 생각을 잠시 식히고 괴로운 마음을 모두 씻어 내도록 하기에 족하다.

이『삼국지』에는 생황과 퉁소 소리를 북소리와 협주하고 거문고와 비파 소리를 종소리 틈새에 울리는 듯한 묘미가 있다.

바야흐로 황건적의 난을 서술하는 과정에 갑자기 하태후와 동태후가 다투는 글이 한 단락 나온다.

동탁이 권력을 제멋대로 휘두르는 장면을 서술하는 도중에 갑자기 초선이 봉의정에서 여포와 만나는 글이 한 단락 나온다.

이각과 곽사가 미쳐 날뛰는 장면을 서술하는 과정에 갑자기 양표의 부인과 곽사의 처가 내왕하는 글이 한 단락 나온다.

하비에서 조조와 여포가 서로 싸우는 과정을 서술하는 도중에 갑자기 여포가 딸을 원술에게 보내려 하고 엄嚴씨 부인이 남편 여포를 붙잡는 글이 한 단락 나온다.

조조가 기주성을 공격하는 과정을 서술하는데 갑자기 원담이 조조의 딸인 약혼녀를 잃고 조비가 원희의 아내인 진씨 부인을 자신의 아내로 거두어들이는 글이 한 단락 나온다.

유표가 죽고 둘째 아들이 형주를 다스리는 쪽으로 형주의 사정이 바뀌는 과정을 서술하는데 갑자기 조조에게 투항할 것을 채부인과 상의하는 글이 한 단락 나온다.

적벽대전으로 들어가는 과정을 서술하는데 갑자기 조조가 강동 이교二喬를 얻고 싶어 하는 글이 한 단락 나온다.

완성에서 조조와 장수가 서로 공격하는 과정을 서술하는데 갑자기 장제의 미망인과 조조가 만나게 되는 글이 한 단락 나온다.

조운이 계양桂陽을 얻는 과정을 서술하는 도중에 갑자기 조범이 남편 여읜 형수에게 공손히 술을 따르게 하는 글이 한 단락 나온다.

소열황제가 형주를 놓고 동오와 다투는 과정을 서술하는데 갑자기 손권의 누이동생과 동방에서 화촉을 밝히는 글이 한 단락 나온다.

손권이 황조와 싸우는 과정을 서술하는데 갑자기 손익孫翊의 아내가 죽은 남편을 위해 복수하는 글이 한 단락 나온다.

사마의가 조상을 죽이는 과정을 막 서술하는데 갑자기 누이 신헌영이 동생 신창에게 조언하는 글이 한 단락 나온다.

원소가 조조를 토벌할 때에 이르러서는 정강성鄭康成(정현)의 여종들을 곁들여 서술했고, 조조가 한중을 구하는 날에는 채중랑蔡中郎(채옹)의 딸 채염을 곁들여 서술했으니, 이러한 종류의 예들은 하나하나 예를 들지 않아도 충분할 것이다.

사람들은 단지 『삼국지』의 문장이 용과 호랑이의 싸움을 서술한 것이라는 점만 알았지, 때로는 봉황이나 난鸞새가 되기도 하고 꾀꼬리나 제비로 바꾸기도 하는 바람에 작품 안에서 이들을 다 만나 볼 겨를이 없다는 점은 알지 못한다. 독자들은 창과 방패를 든 군사들 속에서 이따금 붉은 치마를 보게 되고, 삼엄하게 늘어선 깃발 그늘 가운데서 가끔 화장한 얼굴을 보게도 되니, 호걸과 재사의 열전과 미인들의 열전을 한 책으로 합쳐 놓은 것이 아닌가 여길 지경이다.

이『삼국지』에는 한 해씩을 걸러 미리 씨를 뿌려 놓고, 시기에 앞서 복선을 깔아 두는 묘미가 있다.

채마밭을 잘 가꾸는 사람은 땅에 씨를 뿌리고는 때가 되어 싹이 나기를 기다린다. 바둑을 잘 두는 이는 수십 수 전에 대수롭지 않게 한 수를 두지만, 그 결과는 수십 수 뒤에 나타난다. 문장에서 사건을 서술하는 방법도 이와 마찬가지이다.

서촉의 유장은 유언의 아들인데, 첫 회에서 유비를 서술하기 전에 먼저 유언을 서술했으니, 이것은 유비가 서천 땅을 얻기에 앞서 미리 한 차례 복선을 깔아 둔 것이다.

또 현덕이 황건적을 격파할 때 조조를 서술하면서 함께 동탁도 서술했으니, 이것은 동탁이 나라를 어지럽히고 조조가 권력을 마음대로 휘두르기에 앞서 미리 한차례 복선을 깔아 둔 것이다.

조운은 고성에서 형제들이 다시 모였을 때 소열황제에게 귀순했지만, 그전 원소가 반하磐河에서 공손찬과 싸우던 시기에 소열황제가 조운을 만난 일로 미리 한 차례 복선을 깔아 두었다.

마초는 가맹관에서 장비와 싸우고 나서야 소열황제에게 귀순했는데, 동승이 허리띠에 숨겨진 조서를 받던 시기에 소열황제가 마등과 거사를 함께 하는 것으로 미리 한 차례 복선을 깔아 두었다.

방통은 주랑이 죽은 다음에 소열황제에게 귀순했는데, 그전에 수경장 앞에서 동자가 방통의 이름을 말해 주었을 때에 미리 한 차례 복선을 깔아 두었다.

무후는 상방곡에서 불로 사마의를 태워 죽이려다 비가 내리는 바람에 불이 꺼지자 '일을 꾸미는 것은 사람에게 달렸지만, 일이 이루어지는 것은 하늘에 달렸구나謀事在人, 成事在天'라고 탄식했는데, 유비가 제갈량의 초가집을 세 번이나 찾아가기에 앞서 사마휘가 '와룡이 비록 주인은 얻었으나 아쉽게도 때는 언지 못했구니!'라고 한 말과 최주병이 '하늘의 뜻을 사람이 억지로 바꿀 수는 없다'라고 한 말에서 미리 한 차례 복선을 깔아 두었던 것이다.

제110회 이후에야 유선 황제의 촉나라는 40여년 만에 끝을 맺는데, 신야에서 그가 태어날 때 학이 날아와 40여 차례 울었던 징조로 미리 한 차례 복선을 깔아 두었다.

제105회 이후에 강유는 중원을 아홉 번이나 정벌하러 나갔는데, 기산으로 처음 나갔을 때에 무후가 강유를 거두어들인 일에서 미리 한 차례 복선을 깔아 두었다.

강유는 다섯 번째로 중원을 정벌하러 나가면서 등애와 만나게 되었고 아홉 번째 정벌하러 나가면서 종회와 만나게 되는데, 그전에 아직 중원 땅을 정벌하러 나가지 않았을 무렵 하후패가 이 두 사람의 이름을 강유에게 일러 주었던 일에서 미리 한 차례 복선을 깔아 두었다.

제80회에서 조비는 한나라의 제위를 찬탈하는데, 제32회에 푸르면서도 자줏빛을 띤 구름이 그가 태어난 집 위로 나타난 상서로움에서 미리 한 차례 복선을 깔아 놓았다.

제85회 뒤에 손권은 참람스럽게도 황제의 호칭을 사용하는데, 제38회에서 오부인이 해가 품으로 들어오는 태몽을 꾼 징조에서 미리 한 차례 복선을 깔아 놓았다.

제119회에서 사마씨 일가는 위나라를 찬탈하는데, 제78회에서 조조가 한 구유에서 말 세 마리가 여물을 먹는 꿈을 꾸는 징조로 미리 한 차례 복선을 깔아 놓았다.

이를 제외하고도 복선을 깔아 놓은 곳은 이루 다 꼽을 수 없을 정도이다. 최근의 소설가들을 보면 줄거리가 막혀서 이야기가 전개되지 못할 때는 그때마다 바로 허공에서 인물을 떨어뜨리거나 단서도 없이 사건을 꾸며대어 그 바람에 앞뒤 줄거리가 연결되지 않거나 아무 연관이 없는 이야기가 되곤 한다. 그들에게 한번 『삼국지』의 문장을 읽어 보게 한다면 얼굴에 진땀이 나지 않을 수 있겠는가?

이 『삼국지』에는 실을 이어 비단을 깁고 바늘을 놀려 수를 놓는 듯한 묘미가 있다.

사건을 서술하는 기법은 이 문장에서 모자라는 것은 저 문장에서 채우고 상권에서 남는 것은 하권에다 나눠 주어, 앞의 글이 늘어지지 않게 할 뿐 아니라 뒤의 글 또한 허전하지 않게 하고, 앞의 사건에서 빠지는 것이 없게 할 뿐 아니라 뒷 사건 또한 부풀려지지 않게 한다. 이것이야말로 역사가의 절묘한 작품이다.

여포가 조표의 딸을 얻은 것은 본디 서주를 빼앗기 전의 일인데 그가 하비에서 곤경에 처했을 때 가서야 이 일을 서술했다.

조조가 군사들에게 매실나무 숲을 떠올리게 하여 갈증을 멎게 한 일은 본디 장수를 공격하던 무렵의 일인데, 오히려 유비와 함께 푸른 매실을 안주 삼아 술을 데워 마시던 때에 이 일을 서술했다.

관녕이 화흠의 속됨을 싫어하여 삿자리를 잘라 따로 나누어 앉은 일은 본디 화흠이 벼슬을 하기 전의 일인데, 도리어 조조의 명을 받은 화흠이 벽을 부수고 그 속에 숨어 있던 복황후를 끌어냈을 때에 그 일을 서술했다.

오부인이 품에 달이 들어오는 꿈을 꾸었던 것은 본디 손책을 낳기 전에 있었던 일인데, 오히려 임종 시 유언을 남길 때에야 이 일을 서술했다.

무후가 황씨(황승언의 딸)를 배우자로 삼았던 일은 본디 삼고초려 이전의 일인데, 도리어 그의 아들 제갈첨이 재난을 만나 죽을 때에 이르러서야 이 일을 서술했다.

이러한 종류의 예들은 마찬가지로 이루 다 꼽을 수가 없을 지경이다. 앞에서는 발자국을 남겨 뒤와 호응하고 뒤에서는 앞과 호응하여 돌이켜 비춰 보게 하니, 독자들이 이를 읽어 보게 된다면 정말로 한 편이 마치 한 구절 같을 것이다.

이 『삼국지』에는 가까운 산은 짙게 칠하고 멀리 있는 나무는 가볍게 묘사하는 것과 같은 묘미가 있다.

그림 그리는 자의 기법은 가까이 있는 산과 나무는 짙고 무겁게 칠하고, 멀리 있는 산과 나무는 가볍고 묽게 그리는 법이다. 그렇게 하지 않는다면 수풀 우거진 산기슭은 아득히 멀리 있고 산봉우리에 걸린 구름은 겹겹이 쌓여 있는데, 어찌 한 자의 화폭 가운데에다 일일이 그것을 자세히 그릴 수 있겠는가? 글을 짓는 것 또한 이와 같다.

황보승이 황건적을 쳐부수었다는 이야기는 오직 주준 곁에서 심부름꾼이 말하는 것을 통해 주워듣게 된다.

원소가 공손찬을 죽였다는 이야기는 오직 조조의 곁에 있었기에 만총이 하는 보고를 통해 주워듣게 된다.

조운이 남군을 습격하고 관우와 장비가 각각 양양과 형주, 두 군을 습격한 이야기는 오직 주랑의 눈과 귀를 빌려 알게 된다.

소열황제가 양봉과 한섬을 죽인 일은 오직 소열황제의 입을 통해 나오게 된다.

장비가 고성古城을 빼앗았다는 이야기는 관공의 귀를 빌려 듣게 된다.

간옹이 유비와 함께 원소에게 몸을 의탁했다는 이야기는 소열황제의 입을 빌려서 나오게 된다.

조비는 세 갈래 군사를 이끌고 오나라를 정벌하러 갔다가 모두 패했는데, 한 갈래 군사 얘기는 직접 묘사했으나 두 갈래 군사에 대해서는 간접적으로 결과만 묘사했다.

무후가 다섯 갈래로 쳐들어오는 조비의 군사를 물리쳤는데, 오직 등지를 오나라에 사신으로 보내 다섯 갈래 중의 하나인 오나라 군사를 막은 일만 직접 묘사했지 그 나머지 네 갈래 군사를 막은 일은 모두 간접적으로 결과만 묘사했다.

이러한 종류의 예들 또한 이루 다 꼽을 수 없다. 겨우 한두 구절에 불과한 내용이 얼마나 많은 사정을 포함하며 얼마나 많은 묘사를 절약하고 있는지 모를 지경이다.

이 『삼국지』에는 기이한 봉우리들이 짝을 이뤄 꽂혀 있고 비단 병풍이 마주보게 놓여 있는 듯한 묘미가 있다.

그 대비시키는 수법에는 서로 같은 점을 바로 대비시키는 것正對, 서로 다른 점을 거꾸로 대비시키는 것反對, 한 회 안에서 자연스레 가까이 대비시키는 것自爲對, 수십 회를 사이에 두고 멀리서 대비시키는 것遙爲對이 있다.

소열황제는 어려서부터 대범했던 반면 조조는 어려서부터 간사했다.

장비는 줄곧 성질이 조급했던 반면 하진은 줄곧 성질이 느렸다.

온명원溫明園에서 황제를 폐할 것을 의논했으니 동탁에게는 임금에 대한 충성심이 없는 것이고, 양아버지 정원을 죽였으니 여포에게는 아버지에 대한 효심이 없는 것이다.

원소가 반하에서 벌인 전투는 승패가 반복되었고, 손견이 현산에서 벌인 싸움은 생사를 예측할 수 없었다.

마등은 왕실을 위해 수고를 다함으로써 비록 성공하지는 못했으나 충성심을 잃지는 않았고, 조조는 아비의 원수를 갚으려 했으나 성사시키지 못했으니 효성을 다하지 못했다.

원소는 기병과 보병 삼군三軍을 일으켰지만 다시 돌아왔는데 이는 힘으로는 싸울 만했으나 결단을 내리지 못했기 때문이고, 소열황제는 조조 수하의 왕충과 유대 두 장수를 사로잡고도 다시 놓아주었는데 이는 세력으로 상대할 수가 없어 임시변통한 일이었다.

공융이 예형을 천거했으니 이는 선비를 아끼는 마음을 읊은 『시경詩經』의 '치의緇衣' 시의 뜻과 같고, 예형이 조조를 욕했으니 이는 참소하는 자를 풍자한 '항백巷伯' 시의 뜻과 같다.

소열황제가 덕조德操(사마휘)를 만난 것은 우연한 만남이며, 선복單福(서서)이 신야를 방문한 것은 유비를 알현할 마음이 있었기 때문이다.

조비는 살아 있는 조식을 모질게 핍박했으니 같은 몸에서 나왔어도 서로 창칼을 들이댄 것이며, 소열황제는 죽은 관공을 위해 통곡했으니 다른 성을 가졌지만 마치 한 형제와 같았던 것이다.

상방곡에서 불길이 사그라진 것은 사마씨 부자의 목숨이 살아나려 함이요, 오장원에서 등불이 꺼진 것은 제갈량의 생명이 다하여 가는 것이다.

이러한 종류의 예들은 어떤 것은 바로 대비시키는 것이고, 어떤 것은 거꾸로 대비시키는 것으로, 모두 한 회 안에서 자연스레 대비시킨 것이다.

자신이 황실의 친척이면서 또 다른 황실의 친척(동중童重)을 해친 사람으로는 하진이 있고, 황실의 친척으로서 또 다른 황실의 친척(동승)을 천거한 사람으로는 복완이 있다.

이숙이 여포를 설복시킨 것은 지혜를 써서 그의 악을 성사시킨 것이요, 왕윤이 여포를 설복시킨 것은 교묘한 화술로 그의 충성심을 실행에 옮기도록 한 것이다.

장비가 서주를 잃은 것은 술을 마신 탓으로 일을 그르친 것이고, 여포가 하비에서 함정에 빠진 것은 술을 금지하는 바람에 재앙을 불러들인 것이다.

관공은 노숙이 권한 술을 마셨으니 이는 신과 같은 위엄을 뽐낸 것이요, 진나라의 양호는 오나라의 육항이 보내 준 술을 마셨으니 이는 화기애애한 분위기로 가득했던 것이다.

공명은 맹획을 죽이지 않았으니 어진 이의 관대함이고, 사마의는 공손연을 기어이 죽이고야 말았으니 간웅의 가혹함이다.

관공은 정의情義를 생각해 조조를 놓아주었으니 앞에서 그가 베풀었던 은덕에 보답한 것이고, 익덕(장비)은 도의道義로 엄안을 풀어 주었으니 그를 거두어 나중에 쓰려 함이었다.

무후는 자오곡을 통해 장안을 공격하자는 위연의 계책을 쓰지 않았으니 신중히 계략을 써서 만전을 도모한 것이요, 등애는 음평 고개를 넘어가 성도를 공격하는 위험을 두려워하지 않았으니 모험을 감행하여 요행수를 노린 것이다.

조조는 병을 앓다가 진림이 격문을 통해 욕하자마자 바로 나았고, 왕랑은 병이 없었지만 공명이 그를 꾸짖자마자 금세 죽고 말았다.

손부인은 갑옷을 입고 무기를 지니기를 좋아하였으니 여자 가운데서도 장부라 하겠고, 사마의는 제갈량으로부터 여자의 머리 수건과 옷을 받았으니 남자 가운데 여자라 하겠다.

사마의가 8일 만에 상용을 차지한 것은 신속함으로써 신기에 가까운 공적을 세운 것이고, 그가 1백 일 만에 양평을 얻은 것은 더딤으로써 승리한 것이다.

공명이 위수 가장자리에서 둔전을 시행한 것은 나아가 공세를 취하려는 계략이요, 강유가 답중에서 둔전을 시행한 것은 물러나 화를 피하려는 술책이었다.

조조는 위공으로 책봉되면서 한나라 황제로부터 구석九錫을 받았으니 더 이상 한나라의 신하가 아님을 보인 것이요, 손권은 오왕으로 책봉되면서 위나라 황제로부터 구석을 받았으니 독립국의 군주가 아님을 보인 것이다.

조조가 황제를 제치고 사슴을 쏘아 맞추었으니 군신 사이의 의가 어그러졌고, 조비가 아들 조예 앞에서 사슴을 쏘아 맞추었으니 모자간의 정을 일깨운 것이었다.

양의와 위연은 군사를 철수시키는 날 서로 다투었고, 등애와 종회는 병력을 쏠 무렵에 서로 질투했다.

강유는 공명의 뜻을 이으려 하였으나 사람의 일이 하늘의 뜻을 거슬렀고, 두예는 양호의 계략을 받들 수 있었으니 하늘의 때가 사람의 수고에 응답한 것이다.

이러한 종류의 예들은 어떤 것은 바로 대비시키는 깃이고 어떤 것은 거꾸로 대비시키는 것으로, 모두 한 회 안에서 같이 있는 것이 아니라 수십 회를 사이에 두고 멀리서 대비시킨 것이다.

진실로 이러한 것들을 서로 비교하고 견주어 본다면, 어찌 옛것을 읽는 마음을 즐겁게 하고 고인들의 언행을 숭상하는 지식을 늘리는 데 부족함이 있겠는가?

이 『삼국지』에는 머리와 꼬리가 크게 호응하는 곳이 있고 가운데에는 이것을 제대로 이어 주는 곳이 있다.

첫 회는 영제가 십상시를 편애하는 것으로 시작하고 마지막 회는 유선이 환관 황호를 총애한 것으로 끝을 맺고, 다시 손호가 환관 잠혼을 총애한 것으로 한 쌍이 되어 끝을 맺었으니, 이는 한차례 크게 호응한 것이다.

또 첫 회에서 황건적이 요술을 부리는 것으로 시작하고 마지막 회에서는 유선이 무녀를 신봉한 것으로 끝맺고, 다시 손호가 술사 상광尙廣을 신봉한 것으로써 한 쌍이 되어 끝을 맺었으니, 이 또한 한차례 크게 호응한 것이다.

머리와 꼬리가 호응할지라도 1백 회가 넘는 이야기 중간에 앞과 뒤를 이어 주는 내용이 없다면 문장법이 이루어지지 않을 것이다. 그러므로 복완이 환관 목순穆順에게 부탁하여 편지를 보내려 하고 손량이 꿀을 훔치려고 했던 환관을 조사하는 부분이 있어 앞뒤를 연결하고, 다시 이각이 무녀를 좋아하고 장로가 사람을 미혹시키는 도술을 신용하는 부분이 있어 앞뒤를 연결한다. 무릇 이와 같은 것들은 모두 하늘이 만들고 땅이 세운 것처럼 편 전체의 뼈대를 이루고 있다.

그러나 여기에서 멈추지 않는다. 작자의 의도는 환관과 요술 이외에도 나라를 어지럽게 하는 신하와 어버이를 해치는 자식을 엄정하게 징벌하는 것에 더욱 중점을 둠으로써『춘추春秋』의 의義에 자연스레 부합된다. 이러한 이유로 책 가운데 역적을 토벌하는 충성을 기록한 것과 임금을 시해하는 악행을 적은 것이 많으니, 첫 회는 마지막에 장비가 벌컥 노하여 동탁을 죽이려고 하는 것으로 마치고, 마지막 회에서는 마지막에 손호가 은연중에 가충을 죽이고 싶어 하는 내용으로 끝마쳤다.

이로써 보건대 비록 연의라는 말을 붙이긴 했지만 실로『인경麟經』(『춘추』의 딴 이름)을 계승한다고 해도 전혀 부끄럽지 않을 것이다.

『삼국지』의 탁월한 사건 서술은『사기』를 방불케 하나 사건 서술의 어려움은『사기』보다 갑절은 더하다.

『사기』는 나라와 사람을 각각 나누어 서술하므로 본기本紀, 세가世家, 열전列傳의 구별이 있다. 그러나『삼국지』는 그렇지 않아서 본기와 세가, 열전을 모두 합하여 한 편으로 만든 것과도 같다. 나누면 글이 짧아서 솜씨를 부리기 쉽고, 합치면 글이 길어져 잘 엮어 내기가 어려운 것이다.

『삼국지』를 읽는 것은『열국지列國志』를 읽는 것보다 낫다.

무릇『좌전左傳』이나『국어國語』는 진실로 문장 가운데 가장 훌륭한 것들이다.

그러나 좌씨左氏(좌구명左丘明)는 경經에 의거하여 전傳을 세웠으니, 경은 단락을 따라 따로 글을 이루고 전 역시 마찬가지로 단락을 좇아 각자 글을 이루었으므로 서로 연결이 되지 않는다.『국어』는 경과 분리되어 그 자체로 하나의 책이 되었으므로 서로 연결될 수 있었으나, 결국「주어周語」,「노어魯語」,「진어晉語」,「정어鄭語」,「제어齊語」,「초어楚語」,「오어吳語」,「월어越語」

등 여덟 나라의 사실을 여덟 편에 나뉘어 기록했으므로 마찬가지로 서로 연결이 되지 않는다.

후대 사람들이 『좌전』과 『국어』를 합쳐 『열국지』를 만들었는데, 나라는 많고 사건들은 번잡하여 끝내 그 단락들을 한데 꿰어 연결할 수가 없었다. 그러나 『삼국연의』는 처음부터 끝까지 어느 한 곳도 끊을 만한 곳이 없으니, 이 책은 『열국지』보다 위에 있다.

『삼국지』를 읽는 것은 『서유기』를 읽는 것보다 낫다.

『서유기』는 요괴와 마귀의 일을 꾸며내어 황당무계하고 상식에 어긋나니, 『삼국지』가 제왕帝王들의 일을 충실하게 서술하여 진실되며 고증할 수 있는 것만 못하다. 더군다나 『서유기』의 장점은 『삼국지』도 이미 모두 가지고 있다. 아천啞泉이나 흑천黑泉 같은 종류들은 자모하子母河나 낙태천落胎泉의 기이함과 무엇이 다른가? 타사대왕朵思大王 · 목록대왕木鹿大王 같은 종류들은 우마왕牛魔王, 녹력대선鹿力大仙, 금각대왕金角大王, 은각대왕銀角大王의 호칭과 무엇이 다른가? 복파장군伏波將軍(마원馬援)의 혼령이 나타나 산신령을 시켜 어려움을 해결해 주게 하는 일들은 남해관음이 구해 주는 것과 무엇이 다른가? 한나라 승상(제갈량)이 남방을 정벌한 단 한 권의 기록만으로도 『서유기』 전체에 필적할 만하다.

아울러 앞에서는 진국사에서의 일이 있고 뒤에서는 옥천산에서의 일이 있었으니, 어떤 때는 계도戒刀를 들어 보이며 눈짓을 하여 관우를 화액火厄에서 벗어나게 하고, 어떤 때는 허공을 향하여 한 마디 말을 하여 깨달음을 얻게 하였으니, 어찌 반드시 '영대방촌靈臺方寸 사월삼성斜月三星' 같은 글을 외워야만 참선의 의미를 깨닫는 것이겠는가?

『삼국지』를 읽는 것은 『수호전水滸傳』을 읽는 것보다 낫다.

『수호전』의 진실성은 『서유기』의 환상성보다는 비교적 낫다고 하겠다.

그러나 무에서 유를 만들어 내고 마음대로 생겼다가 사라지게 하니 그 솜씨가 까다롭지 않아서, 정해진 일을 서술하는 탓에 바꾸는 것이 허용되지 않으므로 마침내 까다로운 솜씨를 발휘할 수밖에 없는『삼국지』만은 못하다. 게다가 각양각색으로 묘사된 삼국의 그 많은 재주꾼들의 걸출함을 보건대『수호전』에 나오는 오용吳用이나 공손승公孫勝 같은 인물 수만 명보다 훨씬 뛰어나다.

그러므로 나는 '재자서才子書'의 목록 가운데서도 마땅히『삼국연의』를 맨 앞에 놓아야 된다고 말하는 것이다.

▌영대방촌靈臺方寸 사월삼성斜月三星 : 넓은 의미로 불교의 전적典籍을 가리킨다. 보리조사菩提祖師가 '마음의 산 위에 있는 영혼의 누대靈臺方寸山 기울어진 달과 세 별자리의 계곡斜月三星洞'에 산다는 전설에서 유래한 말이다.

139